我與公主的 **尖叫** 時光

文・圖／亮哲
圖／小菩

亮哲與大女兒小菩的
第一本四手聯畫
圖文創作

老爸的心內話

常言道，女兒是老爸上輩子的情人，有時候甚至（根本就是）超越本世的情人；畢竟多了一世的情緣，任誰都無法將這段過去的緣分抹滅，即便是老婆，也難有對抗的餘地。

但是……

若前世的情人有兩個，往往會出現「**搶大位**」的情況出現，再加上火爆的今世情人不甘心、不放手、不輕易認輸的個性，三個女人你爭我奪、心機用盡的「後宮爭鬥」情節每天上演，但人家的後宮們，鬥爭是為了爭搶皇上的寵愛，可是為什麼我怎麼看，都覺得自己充其量只是個……「心（寵）腹（物）」？

有四個火象星座成員的家庭，家裡的氣氛說實話，還真的不太知道「冷」怎麼寫，有時候甚至還會被燙傷；我生命中最重要、每天朝夕相處的三個女人，每天都有不同的故事上演—有心機、有衝突、有眼淚、有對抗、有悲傷、有相親相愛、有狼狽為奸……劇情拍案叫絕，好不精采。

身為一個丈夫、老爸、情人，到底要如何在危機四伏的火象宮廷中，化險為夷、平安的活下去呢？就請大家翻頁繼續看下去吧！

深宮亮

2

主要人物介紹

我（深宮亮 射手座）

亮哲，我本人，是演員、主持人、藝人，也是一位夾在三個女人中間生活的男人，幸福與辛苦並行，既是皇上也是總管太監；是國王也是園丁。如此矛盾的人生在宮內身分有待商榷。

大公主（小菩 獅子座）

個性古意、正直的大女兒，所有食物都可吃下肚。個性單純，即使被妹妹耍、惹怒，也不敢大力反抗，因為兩姊妹身形實在差太多，看著比自己弱小的妹妹，小菩常是敢怒不敢言，當然更別說是動手了。

被規定臉一定要畫尖

太座（皇后 牡羊座）

孩子的媽，忙碌的職業婦女、導演、主管，
身兼多重身分，是亮哲我本人的今世情人、
前任女友、現任老婆，也是直來直往的火
爆牡羊妻。

小公主（小緹 牡羊座）

個性奸巧聰明的小女兒，善於察言觀色，
也擅長激怒大家。體重只有姊姊的一半重，
脾氣卻是姊姊的兩倍大，明明很愛姊姊卻
又常常把姊姊搞到爆怒，變成超級賽亞人。
最喜歡用自己的美貌和無辜大眼迷惑眾
生，讓人對她好氣又好笑。

目錄

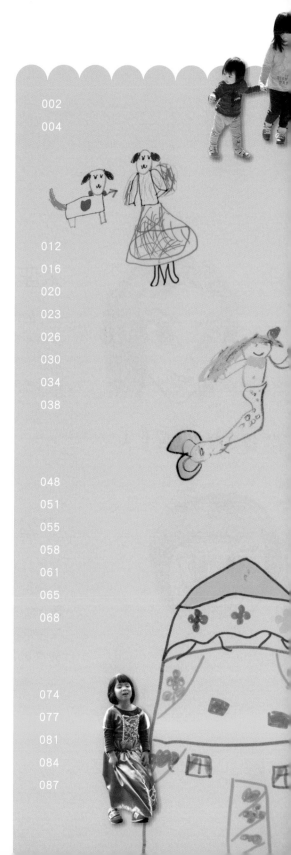

亮爸日常

有一晚，平常在阿嬤家的妹妹回家睡，姊姊理所當然雷達大開，戰鬥力大增，怎麼樣都得要爬上床捍衛自己的「王位」，與妹妹進行一場搶媽媽大戰。而我——老爸，就變成了她們棄之如敝屣的角色。

「你們都沒有人要和我睡？」我流露出失望的神情。「把拔，我們愛你喔，晚安。」就這樣，一句話打發我離開主臥房。離開前我刻意放慢關門的速度，想著要讓兩個女兒看著我因逆光而更加失落的朱自清筆下的〈**背影**〉，希望她們會帶著些許愧疚睡去……

門悄悄關上了，我心裡的歡呼和煙火聲四起：「耶～～～～I have my own life.」今晚，我是我自己的主人！躡手躡腳的，我打開酒櫃，倒了一杯威士忌給自己，聽著冰塊碰撞的清脆聲響，就像我輕盈空靈的內心。打開 iPad 走向陽台，「宋慧喬～～我來啦！呀呼！」

把拔的內心戲
究竟何時要停
歇……

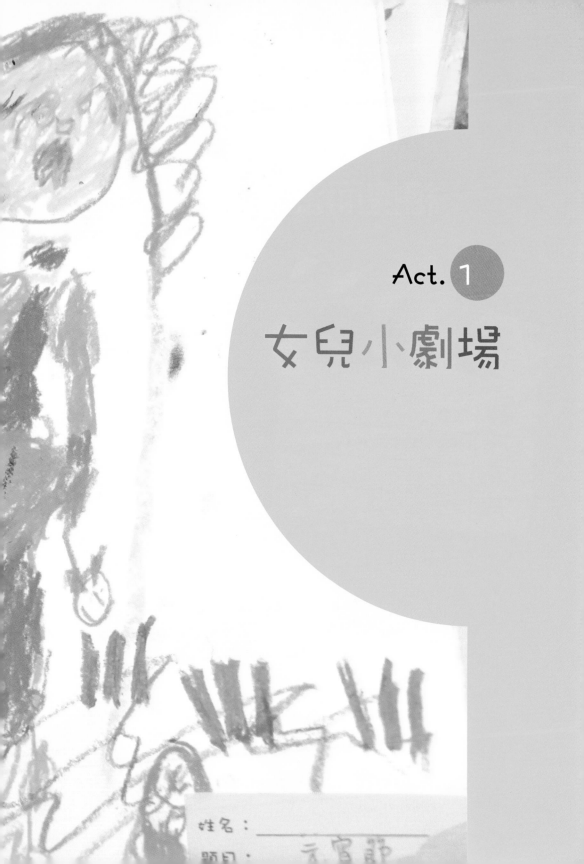

Act. 1

女兒小劇場

姓名：

題目：元宵節

相擁而泣的父女

場景	客廳
人物	我、一歲半大公主
時間	夜
天氣	天公伯也流淚

電視裡播放著孩子們的好朋友巧虎的音樂，我正如常整理被大女兒玩玩具弄亂的房子，在身旁唱唱跳跳好不自在的大女兒，突然不見了蹤影⋯⋯

話說大女兒一歲多的時候，剛好有一段時間，是我賦閒在家的時刻，每天陪著女兒食衣住行育樂，是一件很幸福的事，當然，在這段完全父女時光之前，我的工作一直都是滿檔，也沒有辦法好好陪陪女兒，所以我很珍惜這段時光。

也因為能夠全心投入，所以除了陪伴孩子玩樂之外，我也會好好思考關於教育的問題，因此才了解到，孩子的媽、孩子的奶奶帶孩子的辛苦。

我（甜美狀）：「小菩你在哪裡啊～～」特別拖了尾音聽起來溫柔。

大公主：「在這裡～～」聲音像是在主臥室。

　　走進主臥室之後，發現原先折好的衣服，又回到了剛收下來的鹹菜乾模樣，一件、一件散落在房間各處，大女兒以興奮的高昂語氣，將一件件衣服如放生小鳥般，往天空上丟！

我（親切耐心狀）：「菩，這樣不行喔，洗好的衣服會髒掉。」
力持好聲好氣。

大公主：「耶～～～飛起來了！！蝴蝶蝴蝶～登得真美膩～～」
孩子的世界總是直白又單純。

　　玩完了衣服變蝴蝶的遊戲，大女兒轉移注意力到客廳的巧虎 DVD 上，留下房間的一片狼藉。所以我秉持一個家庭主夫的自覺，慢慢將流浪的衣服們，一一收回，重新折成它們應該要有的樣子。說時遲那時快，客廳傳來了東西打翻四散的聲音！

　　擔心小孩發生危險，於是我以最高速度飛奔至客廳，一衝進客廳，看見女兒用非常豪邁的方式，將玩具箱從高空拉到地上，還把玩具全部倒在地上，搜尋她要的玩耍目標。

我：「小菩，這樣不是又亂掉嗎？把拔剛剛才整理好的耶！」
耐心十足到自己都感動。

大公主：「Kitty！Kitty！」一邊繼續翻箱倒櫃一邊回答。

　　再次整理玩具箱的我，順便幫她找到 Kitty 娃娃，心滿意足的大女兒，抱著她的最愛（當初的，現在已經打入冷宮）隨著「我愛唱歌／你愛跳舞／唱歌跳舞真有趣」的巧虎歌聲舞動著。

　　費盡九牛二虎之力，將四散在沙發下、桌子下、窗簾下的玩具歸位的我，放好玩具箱一轉身，當下一陣暈眩，以為看見了一個個的小天使從天而降，真是目不暇給……ㄟ？不對！一張張濕紙巾，大女兒「殘忍的」把它們從安穩又潮濕舒服的塑膠盒中拉了出來，飄散在空中，殘暴的小惡魔帶著天真無邪的

笑容，抽出幾乎滿滿整包的濕紙巾，抽到最後一張的時候，濕紙巾飛過了她甜美的鳳眼，她像完成了某項偉大的人生成就般，帶著滿足的笑容看著我，似乎要我一起見證她完美的破壞。而我卻……爆炸了！

我（怒從中來）：「陳！小！菩！！你在幹嘛～～～」理智斷線的當下，我衝到她的身邊，輕輕打了她的手。容我再次強調，輕～輕～的。

▲這是她出生以來，我第一次處罰她，驚嚇的大女兒兩眼直直的，瞪著她從未見過的發怒的老爸。我們父女倆就在那雪白的濕紙巾屍體中，沈默了五秒。

大公主：「哇～～～把拔打我～～」發自內心的委屈哭聲。

大公主：「我不要我不要～～～」加強語氣。

▲在一陣涕泗縱橫的內心戲達到最高潮時，大女兒飛奔過來，抱住了我的大腿

大公主：「把拔不要打我，我不敢了～～」好像有將鼻涕擦在我褲子上。

我想，任何一個觀眾看到這一幕，一定都會流下一行感動的清淚，而我當然也不例外。那千里尋父的飛撲，彷彿高速攝影機拍下的慢動作一抱，順理成章澆熄了我憤怒的心情，甚至讓我開始自責起自己的衝動

我（超自責狀）：「把拔不是故意的。」

大公主：「把拔，我下次不敢了！」淚眼汪汪。

我：「好！好！把拔知道了，把拔不打喔～」吾心已碎！

我抱起大女兒開始安慰，看著腳下的濕紙巾，責備著自己，這不過就是孩子的童心，何必動怒！

這一場父女相擁而泣、互相認錯的戲碼，不到一分鐘就停了，接收安慰完畢的大女兒，記憶如同魚一般短暫，一轉身馬上又沉浸在巧虎的世界中。而我就在自責的情緒當中，收拾完了所有的濕紙巾，然後暗自下了不再處罰她的決定（但怎麼可能呢……）。

亮爸說亮話

　　雖然那個當下，我下定決心，絕對不會再處罰女兒，但是事實證明，話真的不能說得太早，隨著女兒年紀的增長，鬼靈精怪的行為根本有增無減，再加上小女兒的出生……父母啊！有些想法，不要自責了，推翻了就算了，我們要做個與時俱進的現代父母才是王道。

Scene **2**

不准和我爸爸拍照

場景	宜蘭某咖啡廳戶外草地
人物	我、大公主、一歲多懵懂的小公主、太座
時間	正午
天氣	大晴

我們全家出遊，當時皇后，也就是孩子的媽，帶著小公主坐在一旁，我和大女兒則玩得正開心，我用餘光瞄到了有人拿著手機慢慢接近，以我的職業敏銳直覺，評估有 90% 是來拍照的。果不其然，對方開口了……

這是一篇和占有欲有關的文章，但是這種狀況，我想，並不是每個家庭都會發生的。

從大女兒出生那一年起，我身邊好多的藝人朋友，也陸陸續續結婚生小孩，不論誰先誰後，反正就是整個電視圈，掀起了一股結婚生子潮。後來我自己分析了一下，或許電視和網路剛好蓬勃的這個年代，我們這個年紀的藝人，也剛好到了適婚年齡，以前的藝人們，結婚生子後，大多是繼續以往的演藝工作，又或者是隱居退出藝界，更專注在副業上或是轉行。我們

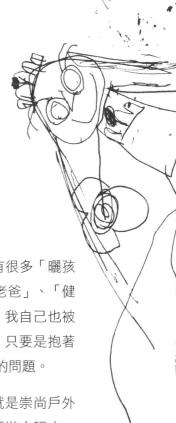

這個年紀的電視人，似乎沒有這個疑慮，反而是有很多「曬孩子」的表現；想當然爾，也因此多了些什麼「型男老爸」、「健身暖爸」、「陽光老爸」之類的稱號，廣為流傳，我自己也被取過很多這樣的綽號。曬小孩的行為無所謂好壞，只要是抱著一種與人分享的正當心情來曬，就沒有太過與不及的問題。

講到了另外一個面向，孩子漸漸長大，原本就是崇尚戶外和大自然的我，當然就是要親力親為，帶著孩子們遊山玩水、吃喝玩樂，也因為外出的機會越來越多，很容易在公共場合遇到要求合照的朋友們，對身為藝人的我來說，應要求而合影是很習慣的事，但在孩子的眼中，卻成為了相當奇怪的事。

大約在大女兒三歲以前，每當我們的親子行，遇到有人想與我們拍合照，感覺得到她是帶著疑惑的心情一起入鏡，三歲以後的她，終於忍不住將疑問說了出來：「他們是誰啊？」、「為什麼和你拍照？」、「那些人是你的朋友嗎？」、「把拔你怎麼到處都是朋友？」

對於這樣的疑問，真的很難解釋，我總不能說「因為把拔是巨星，他們是喜歡我的人。」說實在的，這種不要臉的話⋯⋯我還真的說不出口！所以我的回答都是：「他們是我朋友啊！」「到處都是朋友是因為把拔工作要到處跑啊！」通常這種善意又沒殺傷力的謊言，就在每次的合影之後發生，但是在大女兒四歲之後，有一天，她大爆炸了！

陌生朋友甲：「請問，我可以和你拍照嗎？」

我：「喔喔～當然可以啊，沒有問題。」親切如常。

陌生朋友乙：「還是說，你在陪孩子，我們等一下再來。」相當有禮貌。

我：「沒關係啊！一起拍！」

大公主：「把拔！可是你在陪我玩耶～」霸氣回應。

我：「一下下而已沒關係吧。」

大公主：「他們又是你～朋～友～嗎？」刻意拉長音的調侃，完全不像是四歲小孩該有的口氣！

我：「是啊！就跟你說我到處都是朋友啊！」善意的謊言善意的謊言……

　　▲正當兩位「朋友」要湊上來拍照，說時遲那時快，一個小小的身影就像拳擊裁判一樣，擋在兩組人馬的中間

大公主：「不行！不能和我把拔拍照～不行～」堅決的眼神！

我：「姊姊，拍一下下而已啊，不要這樣嘛！」苦口婆心。

大公主：「不行～等我玩完再說！（對著朋友）你們先回去，我和我把拔玩完你們再來拍照！」哪來這麼大的威權啊？

陌生朋友甲（尷尬的）：「好、好啊！那我們等一下再來……你女兒……好有主見！」從他的眼神看來，我覺得他已經成了我女兒的粉絲。

　　和對方稍微點頭致意之後，回過頭看向我的女兒，一方面驕傲的覺得她長大了，一方面又很焦慮的覺得，我以後……慘了！

亮爸說亮話

　　我想，身為演藝人員的孩子也是挺辛苦的，必須承受或者是去理解，別的家長不會有的過程。對我們來說，完整並清晰的解釋我的工作性質，以及為什麼大部分人都認識我們，也是件極度困難的任務，尤其最重要的，是要讓她知道，演藝工作和其他人的工作，並沒有不一樣，只是我的工作成果，會出現在電視上，所以大家才會認識我。一而再、再而三的解釋，就是希望能夠讓孩子們，以平常心看待爸爸出現在電視上這件事情。簡單來說，電視是我工作的環境，就和幼兒園老師在幼兒園工作，銀行行員在銀行上班一樣，大公主、小公主你們懂了嗎？夠清楚嗎？呃……不清楚？好啦！我會繼續努力不厭其煩的解釋！

Scene 3

短暫的公主英姿

場景	家中 / 社區籃球場
人物	我、大公主
時間	下午五點左右
天氣	非常適合運動的涼爽春陽

橘黃色的陽光灑在陽台上，向窗外望去，眼前的景色一覽無遺，這是一個陽光燦爛、空氣清新的午後。通常在這樣的下午時分，我會暫時把小孩「寄放」給奶奶一下，偷得浮生半日閒，往籃球場出發，以排解對紫外線及汗水的渴望。而且自從休閒遊戲區的孩童遊樂設施上面長了蜘蛛網，並且硬生生被大女兒撞個滿懷，嚇得她唧唧叫之後，她也就很少說要跟了，但是那天，竟然……

　　大女兒在中班的時候加入了直排輪班，聽起來是個不錯的運動，就我專業的分析，直排輪除了能訓練到下半身的肌肉之外，當轉彎或者蹲低加速的時候，身體為了保持平衡，也會因而訓練到軀幹核心的肌肉。但是大女兒的直排輪課，都在學校裡面進行，所以我們必須「特地」跟學校約時間，才有機會一睹她的丰采，因此一直沒找到機會去瞧一瞧。有一天，我突然醒悟，為什麼不直接自己帶她去公園展現一下呢？（我也是夠遲鈍的了）所以，為了這個特別的一天，她人生中的第一個粉絲，也就是她老爸我，備妥全套的攝影器材，準備捕捉她悠遊自在滑行的英姿……

我：「姊姊，我要去籃球場，你要不要去？」

大公主：「我可以溜直排輪嗎？」

我（喜出望外）：「當然可以啊，籃球場很適合喔！」

　　於是，趁著小女兒在午後不支倒床，安穩睡去之後，我就將整個家交給了孩子的奶奶，我們父女倆則相偕前往陽光普照、綠意盎然的籃球場。

　　看著女兒熟練的從運動包中拿出護具，臉上帶著自信笑容看向我，突然間我感到相當欣慰，心裡浮現的ＯＳ是：「沒錯，一看就知道你一身運動員的熱血，果然是我的女兒！」沈浸在自我感覺良好的氛圍中。我回以驕傲的微笑，並且比了個讚給大女兒，表示我的肯定和感動。女兒動作流暢，不到三分鐘，已經全副武裝站起身來，準備在這美麗的午後，一展身手給老爸我看看；看著自由自在，在球場上奔馳、毫無滯礙的女兒的英姿，我一度差點流下感動的淚水，身為老爸的驕傲心情，在刺眼的陽光映照之下，表露無遺。

　　女兒如此毫不保留展現著自己的身手，身為運動員的老爸，當然也不能遜於她才是。於是我也積極開始了我的流汗行程。

　　十分鐘後，熱完身準備大展身手的我，後面傳來一句話：

大公主：「把拔，我溜完了。」

我（受驚狀）：「蛤！？什麼？你確定？」

大公主（十分確定）：「對啊！我溜了兩圈。」兩圈籃球場而已耶，不是 400 公尺操場捏！

我：「可是我才剛開始耶，我⋯⋯」被打斷。

大公主：「那你繼續沒關係啊，我下去溜滑梯。」為什麼寫功

課時沒那麼堅定。

我：「呃……這……」語塞。

▲大女兒說完話，毫不猶豫回頭坐在椅子上，開始動作流暢的脫下護具並且裝袋，轉頭對我報以燦爛的微笑。

大公主：「把拔，等一下你幫我拿下來喔！」命令得很習慣的臉。

然後就一溜煙跑去溜滑梯了。錯愕的我，看著她離去的身影，緩緩拿起了手機查看了時間，從穿好護具加上溜兩圈再加上脫下護具放好……十分鐘……沈默的我，抱著籃球仰望天空，恰巧遠方一朵烏雲慢慢飄來，我的心情就像這天氣一般，籠罩上了一層哀傷的陰鬱……

長也沒喵半的風了。

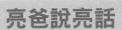

亮爸說亮話

運動是一輩子的事，和閱讀一樣，是從小培養的習慣，父母總是希望能夠在不加壓的情況下，讓孩子自動自發養成習慣，但是，事實證明，不加壓是不行的，所以，行動吧～

Scene 4

小公主從小培養的業務性格

一個我與小女兒獨自相處的下午，因為無法出門而百無聊賴的父女倆，或坐或躺，從積木玩到玩偶，從玩偶玩到小車子，再從小車子延伸到了親子健身，能想得到、該做的，好像都玩完了，我起身去準備兩小的晚餐，就在這時電話響了，小女兒熟練的接起了電話……

場景	我家
人物	我、兩歲小公主
時間	下午三點
天氣	雷雨

　　言歸正傳之前，先簡短敘述一下我們家的歷史背景，沒有什麼可歌可泣的愛情故事，也沒有富可敵國的家傳江山，其實，我的家庭，是一個……和大家都一樣的小康家庭。

　　我小的時候，媽媽因為在旅行社工作的關係，所以有時候即便下班回到家，還是會有客人打電話來確認訂位，或者是詢問團體的事情。媽媽是個很熱情的人，除了她保持一貫三十年不變的服務熱忱之外，當然還有就是她保持了六十年的大笑和大嗓門。

　　來我家造訪的朋友或是同學們，聽到我媽媽在講電話，常

常都會問我：「你媽媽在生氣喔？」會造成這樣的誤會，全因為媽媽的嗓門，真的是大到不用住在山上都有回音。

　　沒想到大嗓門真的是會遺傳的，每逢佳節大團圓的時刻，媽媽的姊姊們，加上我的表姊們一同聚會，那真的是可以媲美一場五十桌流水席的音量。我從小在這群婆婆媽媽的圍繞之下，很反差的，說話常常不被聽見，久而久之也就不太說話了。

　　孩子出生之後，因為工作的關係，必須把孩子寄放在奶奶家，奶奶很偉大的接下照顧孫子的工作，但是，她又是個精力旺盛的奶奶，仍然放棄不了對旅行業的熱情，於是三不五時就在家接起了 Case，也算是一絕。漸漸的，身教大於言教這件事情，反映到女兒們的身上，尤其是小女兒，更是將這個特點醍醐灌頂得一塌糊塗。

　　▲小公主將電話熟練的夾在耳朵和肩膀間。

小公主：「喂？嘿？是……」「嘿」是什麼？台灣「葛」語？

我：「妹妹？是誰啊？」

小公主：「等一下喔！」繼續她的對話。

小公主：「嘿！怎麼樣？喔！！好！」

　　▲我在一旁看得一愣一愣的，感覺她真的和電話裡面的人聊了起來。

小公主：「好～好～好～哈哈哈哈！」這伴隨而來的大笑聲是什麼！？

小公主：「嗯嗯～好～ＯＫ～好～掰！」到底是誰打來的？掰了？

　　於是小女兒就把電話拿來給我，電話那頭傳來：「這裡是××電信公司，這是電話費繳納通知，若您……」恍然大悟的我，切掉了電話看向小女兒，沈默……

我：「妹妹，你這些是跟誰學的？」答案我已經知道。

小公主：「奶奶在家都是這樣的啊！」

我：「所以你剛剛在和誰說話？」

小公主：「客人啊！」客人！？

我：「喔～～～～要出國的嗎？」

小公主：「對啊！要坐飛機！」

我：「那他是要去哪裡啊！」忍著笑意發問。

小公主：「迪士尼～」這答案還真是再合理不過了。

亮爸說亮話

　　就這樣，我的小女兒，在 2 歲多的時候，就不知不覺學會了一些業務的技巧和不多不少的世故，看在我的眼中，也算是一則以喜一則以憂。喜的是她不會害怕與人溝通或是對話，可以大方面對；憂的是……妹妹你的台灣「葛」語啊～

Scene **5**

大公主的獨角戲

場景	大門口附近
人物	我、大公主、襁褓中的小公主
時間	傷心的夜
天氣	令人沮喪的陰雨

抱著小女兒的我，坐在一旁看電視，大女兒一如往常，在和公主們玩遊戲，原本演出的是浪漫的王子公主戲碼，但我卻聽見劇情急轉直下……

　　自從小隻的出生之後，大隻就變得很敏感，這是有兄弟姊妹的家庭都會發生的事情，只是階段不同，在妹妹尚未有戰鬥力，甚至還無對話能力時，姊姊對妹妹的敵意很矛盾，又愛又恨，對於妹妹來說，一生出來就有個姊姊在頭上，是理所當然的事情；但對姊姊來說，會意識到自己原本擁有的全部，好像即將被切割拿走，被蠶食鯨吞。姊姊在妹妹半歲左右的時候，找到了一條出路，就是演出很多顧影自憐的戲碼。一個人在角落玩著玩偶，和玩偶對話。

後來有一天，我帶大女兒下去孩子的奶奶家，準備托兒，站在門口聽見了裡頭傳來電視的聲音，於是大女兒大喊：「奶奶！開門～你在看《妻子的背叛》嗎？」這下我恍然大悟了，這些台詞應該都是和奶奶一起看韓劇學來的吧，是時候該跟奶奶好好溝通一下了……

顧影自憐 part 1

大公主：「樂佩，你好嗎？你還在塔裡嗎？」樂佩是《魔髮奇緣》的公主。

樂佩：「……」眼睛睜很大，微笑。

大公主：「是嗎？你覺得很孤獨啊？」誰回答了？

樂佩：「……」眼睛還是睜很大，微笑。

大公主：「我也是耶，我覺得這個世界都沒有人愛我。」哪裡學的？

樂佩：「……」眼睛還是睜超大，微笑。

大公主：「那我們一起離開吧！」是要私奔嗎！

我（加入演出）：「姊姊！？你要去哪？」依依不捨的情緒滿溢。

大公主：「把拔，我也不知道，就是離開啊！」喔呦！給我演悲情戲碼？

我：「可是你離開，我和媽媽怎麼辦？我們會想你！」哭腔。

大公主：「妹妹會照顧你們，不用擔心我！」這根本是偶像劇的台詞吧？

場景	小孩房
人物	我、大公主、襁褓中的小公主
時間	傍晚的藍黑色天空
天氣	陰天，在不開燈的房間

顧影自憐 part 2

大公主：「灰姑娘，你現在是在閣樓？還是在國王身邊？」在你身邊啦。

灰姑娘：「………」一襲藍色禮服，氣質優雅。

大公主：「喔～～你在打掃房間然後在唱歌啊？」真的唱了我會腳軟！

灰姑娘：「……」美麗的經典身影，微笑

大公主：「你的南瓜馬車還沒來嗎？」

灰姑娘：「……」氣質出眾的看著她。

大公主：「我的等一下就來囉，和我一起走吧！」找王子？沒有先來拜碼頭？

灰姑娘：「……」態度自若，微笑。

　　就在所有的公主都被她相約離家出走之後，她老大會轉身，用哀怨的眼神看著我和孩子的媽，然後再繼續獨坐在角落，若有似無的讓 spotlight 打在她身上。對我和孩子的媽而言，這樣的戲碼，真是精采至極、創意無限、情感到位，所以，我們感受到她即將演出時，早就先買好爆米花和飲料準備欣賞，就在她眼神看過來時，我們還要若無其事的裝忙，或者偶爾表示遺憾和難過，好讓獅子座的她，不至於失去尊嚴而真的難過憂鬱，讓她又可以繼續沈浸在她的自我戲劇氛圍。演得差不多的時候，我們夫妻倆會很有默契的出發去抱抱她，讓她知道她的演技受到了青睞，也算是給她的最好回報了！

亮爸說亮話

　　孩子的真情真性，是最原始的創意來源，尤其是在身分遇到挑戰和危急的時候，精采絕倫的表演，絕對超越八點檔、九點檔、十點檔或是偶像劇啊！每個孩子，都是影帝影后，就讓她們自由發揮，我們敬請買票劃位，靜靜收看吧！

萬惡姓名貼

地點	客廳
人物	我、小公主、大公主
道具	玩具魔法棒
時間	下午五點多
天氣	暴怒的驟雨

家裡越來越多的東西，貼上了姊姊的姓名貼，玩偶、收銀機、球、椅子、櫃子、桌子、鉛筆盒、檯燈……甚至是……我。

占有欲！是人類最原始的欲望之一，這個罪惡的根源，在小孩的身上可以一覽無遺。尤其是身為姊姊的小菩，從集萬千寵愛於一身的獨生女，搖身一變，成了只有一半的愛（她自認為）的大女兒，那害怕失去的意志和信念，讓她將占有的想法直接付諸行動。

姊妹倆的感情，是愛得濃烈，也吵得激烈。

姊姊的第一份姓名貼，是姑姑專程印給她的，她視如珍寶，只有在面對最愛的玩具時，才會小心翼翼的拿出來貼上。那時

候的她才三歲左右，妹妹還不到一歲，一切看起來尚有理智。但是隨著妹妹慢慢長大，開始懂得要東要西之後，姊姊的姓名貼，就開始失控的布滿一堆大小不一的物品上。

　　隨著妹妹年齡的增長，姊姊若有意似無意的，每天都在妹妹的耳邊洗腦著：「這是姊姊的，借你玩。」、「妹妹你玩完姊姊的玩具要收好喔。」、「姊姊對你超好喔，都把我最心愛的東西給你玩。」、「你看喔，這是姓名貼，有這個貼紙的，都是姊姊的，要玩要先問我。」久而久之，不論在場的是什麼樣的玩具，只要上面有姓名貼，妹妹就會像是被催眠一樣：「這是姊姊的，姊姊借我的。」、「這些都是姊姊的玩具喔。」

　　志得意滿的姊姊，想著自己長時間耕耘下來，漸漸奏效的計畫而沾沾自喜，但是，她並不知道，奸巧的妹妹，早就已經培養出一個更爆炸性的招數──文不對題之霸占計畫！

　　毫無生存空間的妹妹終於爆炸了！

小公主（手上拿著魔法棒）：「把你變不見～～」天真又可愛。

我：「啊～～不見了～～」很投入互動。

▲玩得正開心的父女倆，隨即被一陣暴怒聲喝止。

大公主：「妹妹！那個是我的～還給我！」怒不可遏。

小公主：「我！不！要！ㄅㄩㄝ～」吐舌頭～

大公主：「我不是說過，你拿我的東西，都要問過我嗎？」冷靜下來講道理。

小公主：「我知道這是你的東西，但是我想要玩！」開始轉折，準備流淚。

我：「姊姊，你的玩具很多，借妹妹玩一下，而且你剛剛也沒有在玩啊。」

大公主：「不行！沒問過我，就！是！不！行！」鏗鏘有力的每個字。

小公主：「我知道是你的，但是我要玩啊！」也是挺有道理的。

大公主：「但是你沒有問過我！」姊妹對話開始無限輪迴。

小公主：「我！要！玩！」眼眶已泛淚。

▲大女兒迅雷不及掩耳，一個箭步搶走了妹妹手上的玩具。

大公主（正氣凜然）：「你看！上面有我的姓名貼，就是我的，要問我。」

小公主：「我要把它撕掉～～哇～～～～」三秒落淚。

大公主：「你敢！？」站成大字型準備迎戰。

小公主：「哇～～～～～我要玩啦～～」水龍頭攻勢。

大公主：「這是我的～～～」拉長音！

小公主：「可是我要玩啊～～」語氣堅定，絲毫不覺得有問題。

　　這樣的對話持續了五分鐘之久，一個堅持東西是自己的，姓名貼為證，一個說著可是我要玩；漸漸發展到「管你那東西是誰的我就是要玩」的最新邏輯，於是兩條平行線，雖不相交卻又頻頻交鋒，一直到我直接拿出視訊，請姑姑也承諾給妹妹姓名貼，這場戰爭才告終。

　　但是，一場戰爭的結束，何嘗不是另外一場的開端呢。

亮爸說亮話

公不公平這件事情，永遠存在於兩個孩子以上的家庭中，當戰爭持續延燒，父母有時簽署停戰協議，有時只能隔岸觀虎鬥。至於妹妹的姓名貼，正是掀起另一波戰爭的導火線啊……

注音中毒者

　　幼兒園是一個寓教於樂的教育場所，但隨著年級的增長，快要進入小學的前半年，老師們就會慎重其事的，開始叮囑父母們注意孩子們的學習狀況以及生活習慣。上了大班的大女兒，書包越來越沈重，想當初我們的書包輕得差點如氫氣球一樣飛上天空，時下的小學生們，除了身上背的那包之外，竟然還需要拖著行李箱上下學，雖然對孩子來說，這似乎是正常的，但身為父親的我，總覺得不忍卒睹，每次路過小學附近，看見學生們放學的身影，我就有一種不寒而慄的感覺。

　　先扣除掉孩子即將會面臨的種種挑戰不說，注音符號，算是這個階段的孩子最大的挑戰了。對大人來說，注音已經是深入血液的東西，也忘了當初學注音時，到底遇過什麼樣的瓶頸，有時候我們會在耐心不足的情況之下，給孩子太多學習上的壓力而不自知。因應這樣的考量，我們在大女兒偶爾背錯的時候，也還是會盡力以鼓勵的方式，給予孩子自信，只是有時候，一而再再而三，再而五六七八，學了又忘之後，人也是會到達失去耐心的臨界點，但此時絕對要提醒自己，不能就此失去耐心，只要想想自己當初也不是什麼品學兼優的小孩，也是被藤條一鞭一鞭打到大，心情就會平復許多。而且孩子久而久之，不知道為什麼，就會一步步跨越自己的障礙之牆，大女兒的注音，就在我們不知道發生什麼事情的狀況之下進步了，雖然還不到信手捻來，竟也自成一格，發展出一個奇妙的練習方法！

進化 part1

我（電話中）：「喂？嘿！所以明天是什麼時候的通告？」

▲與經紀人對話中，然後我隱約聽到了小小聲的模仿聲音。

場景	家中客廳辦公桌前
人物	我、大公主
時間	八點多
天氣	怪怪的

大公主（氣音）：「喂？嘿！喔！蛤？好！『衝』告！」我哪有那麼多贅詞？

我：「那我就自己先用妝髮再過去！」與經紀人的日常對話。

大公主（小聲的）：「嗯嗯！妝髮～自己～好～ＯＫ！」是在講對講機嗎？

我：「好的，了解，就這樣啦！掰！」掛掉電話，瞬間豎耳傾聽。

大公主：「ㄏㄠˇ好，ㄉㄜ˙的，ㄌㄧㄠˇ了，ㄐㄧㄝˇ解，ㄐㄧㄡˋ就，ㄓㄜˋ這，ㄧㄤˋ樣，ㄅㄞ掰。」相當清楚明暸。

辨識完女兒的注音解析之後，眼淚差點沒奪眶而出！她就這樣自創了一套聽音分析學習法，沒有人教她要這麼做，她自動自發，進化到了下一級，然後不停模仿分析，像是一場好玩的遊戲，不停在生活中學習，這真的是身為老爸又感動又驕傲的時刻。

隨著學習越來越上軌道，語言分析能力越來越強，時間一久，大女兒又再次進化，什麼都能，也什麼都要分析；吃飯也分析，去遊樂場也分析，有客人來聊天也分析，老爸老媽聊天她也分析，完全是一個**注音中毒者**的狀態。

身為父母的我們，很樂見她有如此實驗性的精神，但是有一天卻似乎發現了一個「小～～小～」的問題。

場景 | 家中客廳辦公桌前
人物 | 我、大公主
時間 | 晚間 7:30
天氣 | 不冷不熱不清不楚的天氣

進化 part2

我（電話中）：「你那雙球鞋多少錢？」

大公主：「ㄋㄧˇ你ㄋㄚˋ那ㄕㄨㄤ雙ㄑㄧㄡˊ球ㄒㄧㄝˊ鞋ㄉㄨㄛ多ㄕㄠˇ少ㄑㄧㄢˊ錢？」翻得很精準喔！老爸很開心～

我：「就是那雙ＮＩＫＥ的啊！」喔？有英文喔！該不會連英文都可以吧？畢竟我們是學雙語的應該沒問題。

▲一邊講電話一邊側耳傾聽的我，充滿期待。

大公主：「ㄐㄧㄡˋ就ㄕˋ是ㄋㄚˋ那ㄕㄨㄤ雙『ㄋ』『ㄞ』『ㄎ』『ㄧˋ』ㄉㄜ・的ㄚ啊！」當場傻眼。

我（掛掉電話後）：「姊姊，你的注音越來越好了！」話中有話。

大公主：「當然啊！我都有在練習～」驕傲臉。

我：「那英文呢？」

大公主：「我也可以拼喔！」眼神充滿要我問她的期待。

我：「adidas 怎麼拚？」

大公主（毫不猶豫）：「ㄝ，ㄉㄧˋ，ㄉㄚ・，ㄙ，厲害吧！」

我：「嗯……好！好棒！我知道了！」沈思狀……

　　注音中毒得如此徹底，連ＮＩＫＥ都能用注音翻譯，雖然

也是一種才華，但似乎又有點矯枉過正了， 看來……把中文和
英文好好分開，又是另一門功課了，唉……下次，又會中什麼
毒呢？

ㄨㄢˇ 晚。ㄢˋ安。

 亮爸說亮話

　　好的學習態度需要父母的鼓勵。但正確的學習方式，需
要父母和老師「超級」努力才行啊。讓我們共勉之！（打電
話給老師狀）。

比父母還獨立的兩公主

場景	紐約房內／奶奶家客廳
人物	愧疚的我和太座、奶奶、大公主
時間	離家第二天
天氣	陰晴不定

有如放風般的兩個幼稚的大人，肆無忌憚享受著兩人的時光，但是從來沒有放下那「一絲絲」的愧疚和大大的想念。

結婚後，很多當初的夢想都必須暫停，曾經身為雲遊四海的外景主持人，還有好多的地方想要去遊歷，卻也因為結婚生子，就必須暫時放下這荒謬，甚至可說是不切實際的想法，當然，還是有很多勇氣十足的父母，帶著小小孩遊歷四方，說實在的，這是我做不到的，所以我也只能默默崇拜著這些人。

但是有一件事情，是結婚後一直不時被提醒的，也就是太座的夢想「紐約行」。身為戲劇導演的太座，在 13 年前去過紐約，一直無法忘懷那裡的百老匯，所以即便結婚生子，她仍然在我耳邊提醒不下近百次（不誇張），但是要前往紐 14 天，並不是一件簡單的事情，除了旅費之外，最大的關鍵，還是放不下孩子遠行，父母們總是有愧於擁有自己的時光，卻又不時期待著能重回那自由的年代。

講了五年的夢想，原本要在 2015 年執行的紐約之行，多拖

了兩年，如夢幻般竟然要成行了。成行之前，最擔心的還是我們那兩個可愛的女兒，之前有時候連續住奶奶家兩天，就會吵著要回家的兩小，不知道這十四天會不會影響她們一生的人格？會不會以為父母不要她們？會不會就這樣忘了我們？進行了幾近一個禮拜的劇情腦補，出發的時間還是到了，於是，我們放不下的一百二十個心，擱在了機場的登機門，隨著空姐撕下的那半邊登機證，留在台灣，我們開心，喔不，狠心揪心傷心的出發了！

　　礙於時差，終於在第二天的紐約晚上八點（台灣早上八點）來了一場千里尋女的視訊，看著正要接通的手機螢幕，兩人興奮緊張的程度不下於等待考試放榜。不到一分鐘，電話通了！

首先出現的是奶奶的臉：「姊姊在刷牙洗臉準備上學了！」說時遲那時快，人未到聲先到的大女兒衝到螢幕前。

大公主：「把拔馬麻，耶～～～你們在幹嘛！？」興奮之情溢於言表。

太座：「我們在紐約，等一下準備睡覺了啊！你有想我們嗎？」語帶哽咽。

大公主：「有啊！超想的～　」小孩就是誠實。

我：「有哭哭嗎？」

大公主猶豫了一下：「沒有啊！為什麼要哭？」

我：「因為想我們所以哭啊！」其實是自己想哭。

大公主：「沒有啊！我的禮物你們去看了嗎？」這……？！

　　▲面面相覷的兩個感傷的父母，瞬間思念煙消雲散，看似哀傷離別的場景，馬上被這殘酷的問句拉回了現實。

太座：「還沒耶！我們有時間一定會去看的，那你……」語未畢。

大公主：「如果有看，要拍照給我喔～阿公要騎車帶我上課了喔～掰～～」掰得毫不遲疑。

▲留下了兩個還來不及反應過來的父母，被孩子的奶奶親眼目睹了我們的不知所措。

奶奶：「那……那就明天早上，你們有空再打來吧。多穿衣服囉！」

掛掉了視訊之後，思念和愧疚之情，好像也沒有那麼深了，電影看太多的夫妻倆腦補的劇情瞬間崩解，最後兩個人只好微笑自我解釋著：「哈哈！公主真是獨立啊！」

默默把千里尋父母的梨花帶淚戲碼，託付在小女兒身上的兩人，出門繼續偽裝新婚無子，自由的旅遊去了。

難得的旅程，總是將自己的時間填滿，我想是很多難得單獨出國的父母，一定會做的事情。好不容易終於有一天，不用那麼早起趕行程，前一天我們夫妻倆就預告了，即將在隔天早上八點（台灣晚上八點）進行一個視訊的動作。

隔天兩人還煞有其事，定了鬧鐘早起，以防太晚又過了她們睡眠時間，把握八點到十點，在黃金時段視訊是最佳選擇。和第一次一樣，撥通，緊張，期待……一接通，最先映入螢幕的，仍然是奶奶的臉，但卻是頗有怒氣的表情！

場景	紐約的房間／奶奶家客廳
人物	我、太座、奶奶、大公主、小公主
時間	紐約第六天早上八點／台灣晚上八點
天氣	零度

奶奶（對著螢幕外面）：「ㄟ～把拔馬麻打電話來了，你們快來。不要再吵了！」

大公主（怒）：「妹妹你走開啦。」遠方傳來了衝突的聲音。

小公主（大尖叫）：「姊姊不要搶～～～～我先拿到的！」

大公主：「啊～～～～我的作品！」遠方像是妹妹搗毀了姊姊的積木。

奶奶（側臉加怒氣）：「你們有沒有人要來聽電話～～～～」隨著語氣飆高音。

小公主從遠方跑到螢幕前告狀：「把拔，姊姊又打我頭～～」委屈狀！

接著姊姊也眼眶泛紅跑來推開妹妹：「是她先用我的作品，她先用的～～～」爆氣！！

小公主：「幹嘛推我？是你先用我！」

大公主：「是你！」

小公主：「你～啦～～」擠不贏姊姊的妹妹淚奔離開。

大公主：「是她先用我的啦～～～～」怕被罵的姊姊也淚奔離開。

我和太座：「……………………………」

▲無數的點點點之後，奶奶的臉默默湊了進來：

奶奶：「在吵架……」我們看到了。

太座：「每天都這樣嗎？」

奶奶（小掩飾狀）：「沒有啦！剛剛才這樣，這幾天都很好。（轉向房間）不要再吵了～～」木柵山區又迴盪著奶奶的大聲公。

我（失落狀）：「那你先去看她們好了，我們下次要視訊再和你們說吧。」

　　來不及說再見，奶奶也忘了把視訊關掉，在手機呈現《厄夜叢林》般的畫面中，衝進了房間，就在我們看見兩姊妹哭著在拉扯的畫面時，螢幕結束了。是的，錯愕並且將希望放在小女兒身上的夫妻倆，心裡不約而同只有一句話：「計畫永遠趕不上變化啊！」

場景	紐約房間／奶奶家客廳
人物	我、太座、奶奶、大公主、小公主
時間	離家第十天 紐約早上七點／台灣晚上七點

旅程再過四天就要結束了，所有的生活習慣和步調，都已經接近紐約的節奏，唯一放不下心的，還是家裡那兩小，幾乎快要兩個禮拜，一方面因為時差，一方面因為行程緊湊，所以一直無法完整視訊一次，最令人擔心的是，孩子的奶奶都說孩子很好，沒有異狀，沒有哭鬧，沒有找爸媽。我們覺得這是奶奶為了不讓我們旅途不順遂、掛心太多，而善意編織的理由，於是我們特地起了個大早，挪開了行程，接通視訊只為一探究竟。

奶奶：「咦？今天那麼早？」

我：「對啊～特地打來視訊一下。」

奶奶（向房間大喊）：「把拔、馬麻視訊，誰要來？」

大公主：「等一下喔～我們在玩！」只聞其聲不見其人。

▲父母兩人面面相覷，一時間覺得自己幻聽了！

奶奶：「把拔馬麻等一下要出去了，快點～」

　　▲這時才看見兩小，你推我擠從房間衝出來：「我先我先！」、「我先啦！」、「你不要先～」

大公主：「把拔、馬麻你們要回來了嗎？」

太座：「還沒耶！還要四天！」

小公主：「把拔馬麻我想你們～」這句話最中聽。

我：「那你們要乖啊～我們很快就回去了！」

大公主：「那要記得我的禮物喔～」

小公主：「還有我的～」

　　孩子的媽正要開口一解思女之情時，大公主捷足先登：「那你們要出門趕快去吧，我和美眉要繼續玩囉！掰！」說完一溜煙就不見了。

　　妹妹也發難：「想你們喔！拉啾（註1）。」然後迅速隨著她姊姊的腳步衝進房間，留下了不敢面對這殘酷現實的夫妻倆。

　　十四天的旅程結束，兩小很識相沒有哭鬧，我們也相信了，孩子的奶奶說的都是真的！她‧們‧並‧沒‧有‧找‧我‧們……

亮爸說亮話

　　以前就不時提醒自己，不能夠寵小孩，不能夠讓他們太過於依賴父母，一定要讓他們養成獨立的人生觀。但是這一次事實證明，只是希望把小孩教好，但是沒想到……好像教得太好了～＿～

★註 1：拉啾。夫妻倆在尚未結婚前發明的 LOVE YOU ＋啾咪的肉麻小招式，
　　　　最後傳承給了小孩，全家人肉麻在一起。

有想你們啦！
拉啾！

Act. 2

公主爭霸戰

大小葉問的決鬥

場景	家中客廳
人物	我、大公主、小公主
時間	午後
天氣	雷聲陣陣的大雨

伴隨著雷聲的午後，上演一個「姊姊拿了什麼，妹妹就要搶」的戲碼，讓到不能再讓的姊姊，礙於我在一旁，所以又一忍再忍，但電影中洪熙官說過：「忍無可忍，則無需再忍！」

　　聚光燈分別照在姊姊與妹妹的身上，兩個同門師姊妹，今日想必又有一番的廝殺。鏡頭繞這兩個人不停的轉，身旁是看好戲的 Elsa、安娜、艾莉兒、芭比，還有不少看似夢幻的娃娃（大部分都是裸體的），但是這些玩偶面帶微笑，事不關己的表情，在這個時候，就像是在戲謔著兩人的關係，僅隔岸觀虎鬥，看最後誰是贏家，布滿夢幻娃娃的客廳現場，變成了華山論劍的比武場。

　　菩姊惡狠狠瞪著自己的妹妹，似乎兩人沒有血緣之親；緹妹也不甘示弱，以她超長睫毛的大眼睛，射著金光回瞪，就這樣，兩人在木柵山上進行一場腥風血雨的「指南論劍」！

大公主（好聲好氣）：「美眉～～那是我在玩的啦～～～」口氣帶有隱忍。

小公主：「可『四』我也要玩啊！」這發音……等打完架再來教。

我：「妹妹，誰先拿到誰先玩，不可以霸道。」事不關己在一旁 murmur。

大公主：「聽到沒有！把拔會揍你喔！」咦？我算是這場比武的召喚獸嗎？

小公主：「我才要～～揍～你～」喔呦喔呦！這個重音很有殺氣喔～先下戰帖囉！

我（稍微大聲）：「妹妹！不可以這樣！旁邊還有很多玩具！」

大公主：「把～拔～～你去拿衣架啦！！」七大家法之首，豈可隨意請出，衣架出鞘必有傷亡，別鬧了。

小公主（不甘示弱）：「我才要去拿衣架！！」你太矮你拿不到啦！哈哈～想也知道你是虛張聲勢。

　　常言道，清官難斷家務事（但明明就是我的家務事）。秉持著這樣的信念，身為裁判的我，坐壁上觀，看劇情如何發展。說時遲那時快，電光火石之間，姊姊遵循著電影《新少林五祖》洪熙官和他兒子說的那句至理名言：「忍無可忍，則無需再忍！」拿起了手上的樂高，如小李飛刀一般射出，出其不意的正中了妹妹的頭部………

小公主：「哇～～～～把拔！姊姊打我。」嗯……沒錯！決鬥結束！一招定勝負。

我（表演緊張狀）：「姊姊，你怎麼可以動手？妹妹，誰教你要搶姊姊玩具，姊姊那樣算是客氣了，她如果真的要打你，你早就飛出去了！」完全沒有要勸和的老爸。

畢竟姊姊還是大了妹妹兩歲多，姊姊體重又是妹妹的兩倍，所以，此次決鬥勝負，其實未比就勝負已定，勝之不武。

　　這樣的決鬥，不時會在家裡出現，兩姊妹好的時候很好，一旦打起架來就殺紅了眼，以目前的勝負來看，大公主：37 勝 10 敗，小公主：10 勝 37 敗。不過隨著妹妹年紀越來越增長，如此高壓的決鬥環境之下，她也學會了自己的生存之道，有時候是她打了姊姊之後，姊姊尚來不及還手，妹妹已先發制人，大聲喊冤，好幾次姊姊啞巴吃黃蓮，所以，揪～～～竟是命運的糾葛（很明顯的，是），還是緣分的捉弄（也是～），讓我們～～～繼續看下去。

 亮爸說亮話

　　姊妹對決的戲碼，永遠看不膩，大自然有一句話：「生命會找到自己的出路」，看著妹妹，就像一隻失去了父母（比喻而已），在險惡的叢林中不斷突破難關，在一次次生命的危難中倖存下來的小老虎一般，這樣的成長實在令人欣慰，但是姊妹倆永遠都不知道，這樣的論劍不管比再多回，身為滅絕師太的媽媽，才是最大的贏家啊！！哇哈哈～～Ready？Fight！

　　什麼？你問我在幹嘛？我當然是永遠的裁判啊～

Scene *2*

把妹妹包起來丟掉！？

場景	小孩房
角色	太座、大公主、小公主
時間	夜晚十點多
天氣	陰雨綿綿

一個月黑風高不得安寧的夜晚，兩小又綁架了媽媽當她們的人質，在床上準備被哄睡，大女兒搶了可以緊黏媽媽的最好位置，占著不放，一哭二鬧三尖叫的妹妹，以獅吼功回擊，聲音響徹了整個山區。為了不讓我們家變成惡鄰，我已經準備了大絕招「衣架好朋友」迎戰。

　　孩子是一個很會學習語言，並且將語言排列組合的生物，畢竟他們從一張白紙開始進入了一個家庭，這個家庭中的大人們就像畫筆，生活習慣就是顏料，彼此對待的方式就是筆觸，一筆一畫揮灑在孩子這張純白的畫紙上。之前在網路上看過一則影片，是一個大男人在戲弄五歲小女孩兒的畫面，那位男士重重推了小女生的頭，於是小女生轉過頭罵了一句：「xx 娘！」這樣的畫面，大大震撼了好多看過這段影片的人，影片中的大人沒有人阻止，還笑得很驕傲，然後這樣的戲碼就持續了五分鐘之久，來來回回，那原本應該純真可愛的五歲女孩，就這樣

兩句不離髒話的回應謾罵了五分鐘，我仔細看了底下的瀏覽率，還真是高得驚人，我想這就是ＰＯ文者的目的吧。這樣一段令人不寒而慄的影片，看完之後我久久不能平復，也說不出什麼評論，畢竟每個家庭的教育方式都不同，好壞我們都無從管起。

把話題拉回我自己的家中，有幾次，我聽見兩女兒說話的方式有一點弔詭，於是我試探了一下：「姊姊，你這張畫是怎麼畫的？」

「『啊就』水彩筆畫的啊！」

我心一驚又問：「今天奶奶晚餐給你們吃什麼？」

「『啊就』水餃啊！」

　　▲這下我聽清楚了，女兒學會了一個相當本土又親切的詞句：「啊……（怎麼樣）……就……（怎麼樣）」我想這是她們學會的第一個造句，實在是既親切又令人有點擔心的詞法。

　　▲某天晚上，兩小在床上準備被哄睡。

太座：「妹妹，躺好！不然叫把拔來囉！」

小公主：「不～～要～～我要馬麻～」鴨霸回應。

大公主：「你要馬麻就要躺好啊，不然把拔會把你帶走！」絕招啦！

小公主：「不～～～要～～～～我要姊姊！」所以教你躺好咩。

我（假裝嚴厲狀）：「妹！妹！快點躺好！」手持武器霸氣登場。

小公主（瞬間躲進棉被）：「我睡著了，不要找我！」鴕鳥心態展露無遺。

我：「安靜喔！不然我會再進來！」撂了一句狠話之後帥氣轉身離開。

　　關上房門後，其實我知道衣架沒有真的出手，根本對那隻小牡羊沒有任何嚇阻的作用，自己心裡默念 1、2、3，果不其然房間內又傳出了尖笑聲，平常會跟妹妹一起胡鬧的姊姊深諳**「衣架做朋友」**的箇中奧祕，所以馬上就出面制止妹妹，但失控妹怎麼可能就範。

小公主：「姊姊你走開，我要躺這邊。」床明明很大為什麼要當單人床擠？

大公主：「不要啦，我睡得好好的，而且這裡本來就是我的位子。」

小公主：「不行不行（口頭禪一定要說兩次），我睡這裡！」

大公主：「吼～～你真的很煩！」很不甘願的換了位子，但沒過多久妹妹又來了。

小公主：「姊姊你回來！」又是祈使句。

大公主：「不要啦～不要吵啦！我明天還要上課捏～～」不錯！乖巧！

小公主：「那我去找你！」你踩過在中間即將睡著的孩子的媽的肚子了。

太座（一秒變賽亞人）：「吼～～～妹妹～～很痛耶！你到底要不要睡！」

小公主：「我要啊，我要睡了啊！我馬上要睡了啊！我正要睡啊！」不停強調卻又不停蠕動。

大公主（受不了狀）：「馬麻，妹妹真的好吵喔！我們可不可以把她包起來？」

太座（不解，受驚狀）：「包起來？幹嘛？」

大公主（認真狀）：「就『包一包』拿去丟掉啊！」好直白。

太座：「這……！？是誰教你的？」又驚又想笑。

大公主：「『啊就』不乖的小孩都可以包一包丟掉啊，反正有人會回收。」好環保。

太座：「可是她被回收就是別人的囉！」試圖挽回。

小公主（大叫）：「我不要被回收！」

大公主：「沒關係啦！有人照顧就好，至少我們很安靜。」說得很對喔！

小公主：「我不要被回收！！」沒有人問你的意見好嗎？

　　就這樣，這個夜晚就在姊姊突如其來的「包一包丟掉」話題中，從熱烈討論到疲於爭執，再到一片寧靜……妹妹的恐懼和反抗聲音在被「包起來丟掉」話題來回之中，漸漸失去了聲音，想必她那一晚，嘿嘿，一定噩夢連連囉！

亮爸說亮話

　　雖然「包一包丟掉」在大人的世界，是一件很可怕的事情，但是我想，孩子只要不是電影看太多，或者是跟著奶奶電視看太多，簡單把妹妹的吵鬧和負面連結，然後再將負面和垃圾連結，然後包一包丟掉，似乎是正常的邏輯！好吧！只要不出人命，就繼續發揮創意吧。

Scene **3**

浴室戰爭

一個月黑風高的夜晚，我家太后提早下班回家，兩小溫馨跑到門口迎接擁抱，於是，在這快樂的夜晚，兩小當然不能放過玩泡泡浴的機會。

場景	浴室
角色	大公主、小公主、太座
時間	洗澡時間
天氣	陰晴不定

　　人類，是一個好戰的種族，這句話在很多電影都出現過，在我家當然也無時無刻印證著這件事情，不分時間不分地點不分青紅皂白，隨時都有可能，前一秒兩人還在甜蜜的泡泡中微笑，下一秒就各自拿出大絕招彼此對抗。

　　客廳和臥房成為主戰場是無庸置疑的，然而浴室，也是戰事蔓延的主場景之一。

　　難得可以母女三人共浴，對孩子來說，是最幸福的時光之一。不等媽媽吩咐，兩小破天荒自動自發的邊跑邊脫，不一下子就光溜溜在浴室門口等待母親大人。

　　沒過多久，媽媽與女兒相處完愉快的親子沐浴時光，就先行出來更衣，留下兩小在浴室享受兩人時光，當然，這也是溫馨轉為戰爭的開始。

大公主（不耐煩）：「妹～～不要潑我水啦！」

小公主（熱情狀）：「耶耶耶～姊姊我在幫你洗澡啊！」好妹妹一個。

大公主（嫌棄狀）：「我洗好了，你不用再幫我洗了！你洗你自己就好。」

小公主（勸服狀）：「沒～關係～～～啦！再洗乾淨一點嘛？」拉長音有點像原住民。

大公主：（聲音漸強）「你不要再潑我了！我會報仇喔～」語帶威脅。

小公主：「耶～洗澡洗澡洗澡。」白目，不停向姊姊潑水。

　　就在兩小溝通的聲音越來越大，我不得不出馬的當下，將浴室門一拉開，就看見姊姊拿著一桶水，往妹妹的頭上，像綜藝節目玩遊戲輸了之後的懲罰一樣，毫不猶豫、手下不留情的往下倒。其實我是來得及阻止的，但是就在我即將踏出那一步時，腦中的天使敵不過惡魔，我聽到惡魔低語：「讓她去吧～嘿嘿！」接下來，畫面呈現慢動作，不知情的妹妹，還沈浸在自以為勝利，並且向我微笑的當下，姊姊手上那一桶水，配合著她怒不可遏的神情，慢慢的，對，很故意，就是～慢！慢！的！澆淋在妹妹的頭上，那時候洗頭還不敢直接沖頭的妹妹，被這瀑布般的一桶水淋完之後，浴室稍稍沈默了 0.5 秒，然後就是～～

小公主（不加思索）：「哇～～～～～～～～～～～～～」妹妹爆哭回應！

大公主（表情害怕又委屈）：「是她先用我的。」我看得一清二楚。

我（面帶微笑）：「我知道。」語氣堅定不帶責備。

小公主（持續飆高音）「把拔～～吸吸（啜泣）你～～處～～罰～吸（啜泣）～～姊姊～～～吸（啜泣）～～～啦！」

　　我默默將小女兒抱離浴缸，用毛巾幫她擦乾，她仍然持續暴走，要我處罰姊姊，就在我抱著她離開浴室的當下，回頭看向了姊姊，姊姊稍稍驚恐的表情，帶著滿滿無法掩飾的勝利……K、O！

亮爸說亮話

　　有時候，父母要適時的放手，讓孩子做一個街頭霸王式的PK，不要介入太多，讓孩子用她們自己的方法解決，即便有時候有點暴力，但，這就是人生嘛！

浴室戰爭引爆前的短暫寧靜

Scene 4

電梯戰場

準備出門的一家人，在出口的玄關，遲遲出不了門，原因是有兩人互不相讓，搶著先穿鞋，即使先穿完鞋的沒有獎品，只會得到一句「第一名」。

是的，戰場系列電影推陳出新，繼客廳、房間，廁所、陽台之後，戰火延燒到了電梯，乍聽之下是一件很危險的事情，可是在姊妹的對抗中，到處都是戰場，沒有危險高低之分，只有輸贏之別，在她們的世界中，勝負立見，一定要拚個你死我活，沒空管別人死活。

大公主：「哎呦～美眉你擋到我了啦！」禁區卡位中。

小公主（尖叫）：「姊姊你走開，我先到的啦！」身形小而敏捷閃躲中。

大女兒：「你穿鞋子很慢，我先啦！」中鋒身材在禁區就是吃香。

▲就在我們家小而精巧的玄關，被擠到一旁的小女兒，連人帶鞋摔在一旁，於是秒掉淚的戲碼再次上演。

場景	電梯與家門口
人物	我 、大公主、小公主、太座
時間	假日中午前
天氣	晴時多雲偶陣雨

小公主（委屈狀）：「把～～拔～～姊姊～～推～～～我～～～」0.5 秒眼眶泛淚。

太座（秒暴怒）：「不要吵～再吵就待在家裡不要出去了。」父母最常用的威脅手段。

我：「兩個都不要吵，一人蹲一邊一起穿！」覺得公正。

　　▲安靜了大概有五秒的時間，兩人看似收拾好情緒，但是殊不知，這場比賽即將白熱化，進入最後一擊的倒數階段：

大公主（不疾不徐）：「我穿好了！」姊姊首先發難。

小公主（睜眼說瞎話）：「我先好的！」妹妹根本就有一隻還沒穿。

大公主（面帶賊笑）：「耶～～我第一我第一我第一」勝利的口吻。

大公主（奸詐臉）：「然後我～～要、去、按、電、梯、了！」最後還面帶嘲諷的補這一槍。

小公主（驚恐狀）：「不要不要不要不要不要～我要按～～～～～」

　　妹妹顧不得鞋子沒穿好，又急著衝出去。腳長手長的姊姊，根本是在妹妹剛衝出門時，就已經按到了電梯，然後帶著滿滿勝利的表情睥睨著妹妹，於是～～哭倒長城的聲響，又劃破了社區寧靜的中午～

小公主：「我～～不要～～～啦！哇～～～～～姊姊討厭姊姊討厭姊姊討厭～～～」電梯間都是回音，鄰居應該以為家暴了吧。

　　妹妹拖著半穿好，腳跟還露在外面的鞋子，鬧得不要不要的，默默關上門的父母，早已習慣這樣的場景。接著就是我抱起了妹妹走進電梯，讓她按下了通往 B2 的電梯。

我（溫柔狀）：「哇！妹妹按得到啊？長那麼高是姊姊了吧。」

▲這時哭聲就會戛然而止，戰爭瞬間進入中場休息。但是安靜不到一秒的時間，姊姊進了電梯又補了一箭。

大公主（不屑）：「哼！可是剛剛是我『先～～～』按到的喔～～～」捉狹的表情加上拉長音，真的讓人很想將其踢飛。

小公主水龍頭開關再次打開：「哇～～～～～我要先我要先我要先～～～～」一發不可收拾。

接下來的畫面也是一個 SOP，出了電梯，太座「請」兩人站在柱子旁，和她們好好「溝通」，我先上車發動，兩分鐘後，三人上車，太座隱忍怒氣，兩人淚眼汪汪，在一個即將轉陰的午後，出發前往我們美～～好的旅途。

亮爸說亮話

小孩的世界很單純，當下發生的事情，當下就要解決，當下解決完，贏的開心飛上天，輸的世界天崩地裂，如果預防不了，就讓它發生！至少在安全的考量之下，搖滾區的父母們，總是有好戲可看，不是嗎？

Scene 5

我家也有林黛玉

危機，通常是讓生命成長的一個契機。

對於我家兩個千金來說，你爭我奪的戰爭，地位不保是一場一場的勝負承擔，也是她們彼此之間你來我往的成長逆境。

場景	某餐廳
角色	我、太座、大女兒、小女兒
時間	晚餐時間
天氣	微涼

大女兒的戰鬥方式，以籃球專業術語來說，就是用肌肉對抗的傳統中鋒，禁區之內，完全以力量取勝，而小女兒呢？因為她的體型瘦小但敏捷度高，所以不妨將她歸納在「智取」的控球後衛一角。兩個如此不同的戰鬥方式，不一定是力量占優勢，有時候使出先聲奪人的招術，以速度和視野為重心的後衛反而略勝一籌，甚至連裁判（我和孩子的媽）的法眼，都不一定能夠將她繩之以法，以下是某餐廳所發生的故事。

某日式餐廳之中，一個四人坐的沙發位，兩女因為在吃飯前的爭吵，而被分坐在太座的左右兩邊（兩個人硬要和媽媽擠，吵架的時候，都想先得到母愛，普天之下的女兒似乎都是如此。）

面前是三個氣呼呼的母女，對面坐著看好戲的我，尤其在不能大聲喝斥的餐廳用餐時，安靜的戰爭，有時候比白熱化的

爭鬥更精采。

　　氣氛安靜而凝重，日本料理店的演歌，很像是預告大戰將臨的前奏曲，此時正當暴風雨前的寧靜，爭鬥尚未開始，未雨綢繆的孩子的媽，首先發難。

太座：「等一下誰先吵的，把拔會帶去餐廳門口罰站！」為什麼是我啊？

　　▲兩個女兒敢怒不敢言的看著前方，不發一語。

　　▲太后看完菜單起身點餐，戰火又悄悄的燃燒了起來。（完全不把我放在眼裡）。

大公主（嘟囔抱怨狀）：「妹妹你每次都不問就搶我東西，你很壞。」

小公主（語無倫次）：「你……你……你才不問就打人，你才壞。」打人還要問？請問我可以打你的頭嗎？不行！可以打你的腳嗎？喔～可以！什麼邏輯！

大公主：「那是因為你搶我東西，我才打你。」

小公主：「可『四』媽媽說不能亂打人。你壞蛋啦！」通常「壞蛋」這兩個字，在孩子的心中已經是極大的羞辱了。

大公主（口氣慢但充滿威嚇）：「你說什麼～～你才壞！我討厭你～」

　　▲準備要出手的姊姊，看得出來是要使出戰鬥力極強的大絕，爆裂拳；但一瞬間意識到有大人在場，即時收回了內力，只是因為慣性，來不及完全收回，我眼睜睜看著她的手，被她那收不回的餘力，帶往妹妹的身上「輕觸」了一下。

　　▲那一拳連隻螞蟻都打不死，想必妹妹也沒什麼感覺，但是……

小公主（委屈）：「好痛～～好痛～姊姊你打好大力！」演技大爆發！

我（傻眼）：「妹妹你……」原來戲劇會安排這種語塞，然後欲言又止的台詞，完全是反映現實。

大公主（忙著解釋）：「我哪有～～我根本很小力，馬麻……妹妹她……」

▲這時候不知道哪裡蹦出來的孩子的媽，突然接話。

太座（已斷線）：「出去罰站！！」全場的目光正聚焦在我們這一家子身上。

妹妹就這樣側趴在沙發上，單手撐托著，像一個弱不禁風的女子，遭到暴徒欺侮跌倒，勉強撐起仆街的身子，更有如**林黛玉化身**般，淚眼汪汪看著怒氣滿點的她娘。看見如此演技派的小女兒，我完全忘了她們正在吵架，反而是在心裡拍案叫絕、嘖嘖稱奇，一直到孩子的媽叫我把兩人分開一陣子，我才回神。於是我在驚魂甫定的心情之下，帶著姊姊走出餐廳冷靜一會兒，我走出餐廳門前，都還沈浸在妹妹剛剛那精湛的三秒落淚轉折，久久不能自己，回過頭看，妹妹帶著泛紅的眼眶，靠在媽媽的身上，然後看向我們，暗示著她的勝利已經入袋。

可憐的姊姊有苦說不出，紮紮實實被擺了一道！

亮爸說亮話

　　生命，自然會找到她們的出路。我家這兩個小小的生命，也在彼此給彼此的困境當中，找到了生命的方向，真是令我大開眼界。孩子的爭吵，有時候是可以看見她們潛力的時刻，別太早制止，好戲～才！剛！開！始！

該怎麼對付姊姊……

Scene **6**

萬聖節驚魂記

有一次適逢萬聖節,學校不客氣的在園區當中,布置了很多可愛的鬼怪裝飾(在我眼裡是可愛),不過呢,每每提到萬聖節,姊姊就會有別於以往過節的氣氛,眉頭深鎖,甚至有一天早上,我開車載她到原本開車就可以到達的 B1 入口,她卻說要走距離較遠的大門,還必須特地找好車位,才能安然送她上學,連她最愛的老師在校門口迎接她,她仍然堅持己見,實在詭異至極,而且這樣的狀況還維持了好幾天。察覺到異狀的我當面問她,她卻又說不出所以然,直到有一天……

場景	家中
人物	我、奶奶、大公主、小公主
時間	剛下課回家的時間
天氣	恐怖的月黑風高

幼兒園時期,應該是人生學習歷程當中,最輕鬆、最無壓力的時刻,美其名為學習,但是基本上都是奠基在玩樂上的輕鬆互動教學。

尤其是在每個節日之前,幼兒園總會將自己的園區布置得富麗堂皇,孩子們也過得不亦樂乎。

我:「姊姊,萬聖節快到了,學校的萬聖節布置是不是好精采?」

大公主(冷漠的):「我覺得還好。」轉性了?

我：「喔！？所以你的意思是可以改進？」有想法？

大公主：「我覺得全部都不要最好。」毅然決然的回答。

我（了然於心）：「所以你是會怕。」

大公主：（擺出不屑的臉）「你不要再問了好不好！」哎呦！？
什麼口氣？叛逆期也太早來了吧！

　　▲這時傳來有人進門的聲音，是提著大包小包的奶奶，一
進門看見大女兒站在那裡，就掩飾不住興奮的神情，邊放下行
囊，邊找出了像是裝有衣服的禮物袋出來。

奶奶（充滿母愛狀）：「姊姊，你看奶奶買什麼給你？」

　　▲奶奶用百分之兩百的喜悅和速度，從禮物袋裡拿出一件
骷髏頭的帽T，準備讓她穿去萬聖節應景。看著衣服的姊姊突
然崩潰了。

大公主（跨丟鬼狀）：「我！不！要！啊～～～～～」

　　▲她用出生以來我從沒看過的速度淚奔進房間，然後用全
身的力氣把門關上，力道大到全家都在震動。

　　▲不知所以然的奶奶一臉受傷並且錯愕的站在原地。

奶奶：「啊你剛剛有罵她喔？」怎麼第一個想到這個？

我：「我哪有！」很冤枉好不好，我好爸爸捏。

奶奶：「啊不然是怎樣？不是有禮物都會高興得飛上天？」

　　▲就在兩個大人問號滿天飛時，白目又精明的妹妹，似乎
已經識破了姊姊的「不能說的祕密」，偷偷將骷髏裝穿上，悄
悄走近房間，就在我和奶奶還在如柯南般抽絲剝繭這整件事情
的始末時，傳來了一聲暴烈的叫聲！

大公主（花容失色）：「美眉～～～你走開啦！我會

怕～～～～～～」終於鬆口了。

我：「所以是……」

奶奶：「……她會怕……」

我：「嗯……好像是耶。」

　　就像金田一的經典名言：「謎題終於解開了！」姊姊的恐懼也釋放了，被骷髏妹妹追著跑的姊姊，用一種我從沒看過的驚恐在家中四處竄逃，妹妹把姊姊當成了受害的小動物一樣玩弄，也讓我看見了她前所未有的殘忍和驕傲。

亮爸說亮話

1. 面對恐懼才會成長，叫出來才會舒服。
2. 最恐怖的不是萬聖節，是心機很重的妹妹。
3. 妹妹！勝出！。

Scene 7

被趕出家門的阿公

場景	阿公家
人物	阿公、奶奶、五歲大公主、兩歲半小公主
時間	阿公下班回來的六點多
天氣	心比夜寒

日出而作日落而息的阿公，最享受的時光不外乎回到家來脫光身上的髒衣服，在陽台吞吐著他菸斗上的煙，看向窗外，整理一天的思緒，慢慢迎接即將到來的夜晚休息時光，但是……

每個小孩都有自己的個性和長處，但是也總有一些相同之處，在我們這個家，這兩個孩子的共同之處，或許就是敢愛敢恨、勇於表達，並且永遠「大聲」說出來。

自從妹妹長大到足以和姊姊抗衡的年紀，這個家的分貝就不曾小過，愛的時候彼此之間是你親我吻；姊姊是妹妹的一切，妹妹是姊姊的全世界；但是真的爭吵起來，可以你一拳我一腳，姊姊要毀了妹妹，妹妹要宰了姊姊般的轟轟烈烈。通常在這樣的比賽中，都有試圖要公平的裁判，在此為大家特別介紹的這位裁判是：我的老爸，大小公主的阿公。

身為職業軍人退伍的老爸，對於我的要求很高，小時候常常不是罰站就是家法伺候，所以在他的面前根本不可能有「造次」的機會。但是隔了一代之後，風雲變色，人事已非，原本人稱「鬼見愁」不苟言笑的老爸，180 度大轉變成為了一個彌勒

佛，不僅臉上的暴戾之氣煙消雲散，以前幾乎不會說好話的個性，現在也不時噴出了好多肉麻的詞彙：「喔～我的寶貝！」「喔～～愛你喔！」「喔～～妹妹乖，不要哭～阿公秀秀。」諸如此類個性丕變的言詞，不諱言的，剛開始聽到的時候，雞皮疙瘩會不自覺，從腳底爬上身直達頭頂，再進入中樞神經流竄在全身的血液。

對於柔情似水的阿公，兩小根本就是太歲爺頭上挖洞，阿公完全沒轍。自從兩小彼此對抗的音量如日中天，阿公當然有時候會想要發脾氣，但是「想」歸想，最終還是捨不得大小聲他的兩個「喔～～寶貝～」，所以他只好……一走了之！？

大公主（分貝 50）：「妹妹～你很討厭～～走開～～～」尖叫收尾。

小公主（分貝 65）：「不要～～我也要玩～」尖叫收尾。

大公主（分貝 70）：「啊～～～～你弄壞我的黏土了啦！我的作品耶！」尖叫拉長音收尾。

小公主（分貝 75）：「我沒有沒有沒有～～～」尖叫拉長音收尾。

奶奶（從廚房衝出分貝 90）：「你們兩個在吵什麼！？等一下樓下阿伯會來罵人。」奶奶這麼一叫，樓下阿伯應該真的聽到了……

大小公主同時爆哭：「哇～～～～姊姊討厭～」、「哇～～～妹妹走開～～～」分貝 100。

眼看著兩個最愛的孫女你一來我一往，你一推我一擠，平常就很容易精神緊張的阿公，幾乎被弄到斷線邊緣，孩子的奶奶眼看那曾經人見人怕的鬼見愁又即將上身，也開始緊張了起來，但是，一切都來不及了！阿公生氣的站了起來，大力推開了紗窗，用一種氣勢逼人的慢動作走近了，祖孫四人所在的客

廳空氣突然安靜，然後阿公慢慢滑過了兩個淚流滿面的小鬼，走進房間，再次出來時穿好了衣服，默默丟下了一句：「我出去走走……」然後就出門了！

看見一反往常冷漠的阿公，兩小也冷靜了不少，奶奶乘勢補了一句：「阿公生氣了。」就將這場鬧劇做了一個漂亮的結尾。看來阿公在兩小心目中的分量，真不小。

亮爸說亮話

來玩來玩～

帶兒子如帶兵，帶孫女就帶心；這是形容阿公最好的詞句。魔鬼般的老爸那人見人怕的表情，感覺上還只是昨天的事情，沒想到睡一覺起來，竟然就變得慈眉善目了。隔了一代就換了心態，我也開始慢慢習慣那張鬼見愁的臉，突然溫柔的說出：「喔～～～寶貝～～」……哎呦喂，雞皮疙瘩又起來了！

Act. 3

王室的日常

一物剋一物

場景	外婆家客廳
人物	我、大公主、小公主、太座
時間	午餐過後
天氣	烈日當空

一陣爭吵聲中，妹妹的爆裂拳狠狠砸在了姊姊的身上，因為此情此景當場被媽媽抓包，於是妹妹被媽媽狠狠的處罰，沒想到個性剛烈的她，不但沒有放聲大哭，反而鼓起腮幫子完全不理皇后的教導。孩子的媽越罵越大聲，她就越不理，即便淚水已經在眼眶裡面打滾，仍舊是不哼一聲，氣氛凝結了 40 分鐘，我和大女兒怕被掃到颱風尾，躲得老遠，一直期待著某件事情發生……一直期待著……期待著。

　　這，是一個遙遠的故事，要說戲劇性也好，要說巧合也好，這一個真實故事要從 13 年前說起，簡單來說呢，就在那個我還自由自在雲遊四海的 20 出頭少年仔時代，我有一位女性友人交了一位比她小的男友，結果兩位並沒有得到善終（在此不討論誰對誰錯）。友人傷心之餘找我哭訴，我以一個自以為愛情達人看透一切的口氣和她說：「誰教你要找比你小的男生在一起，不可靠啊，你就是愛青春的肉體。」她淚眼汪汪看著我，並且以一種詛咒的口吻說：「你最好永遠都不會跟比你大的在一起。」我堅決的回答：「絕對！不！可！能！」

那次事件的六年後，我結婚了，我的太太兼皇后兼孩子的媽，硬生生就是年齡比我大的成熟女性。婚禮當天，那位女性友人來到現場，帶著我從來沒看過的微笑直愣愣看著我，手裡的紅包像是祝賀也像是嘲笑，她以平和的口氣幽幽的說：「你也有這一天吼～～終於遇到剋星了你！」我只能帶著傻笑回她兩個字：「呵呵。」

　　身為射手座的我，在智商極高而且反應有如節目主持人的牡羊太座面前，真的無法抵抗，所以乾脆舉雙手投降（在此不多贅述投降的方式）；原本期待大女兒的出現，可以讓火爆的牡羊座太座踢到鐵板，沒想到獅子座大女兒乖巧伶俐，會看臉色，個性溫和，一點都沒有要對抗老媽的意思。接著，小女兒出生，水汪汪的大眼睛，柔情似水的看著世界，看來也沒有什麼對抗的能力。就在一方霸主的桂冠即將戴到孩子的媽頭上時，妹妹適時的成長然後跳了出來。

　　兩歲的妹妹，似乎已經漸漸看得出火爆的個性，當然這是她出生時我們就能預見的，因為她也是火爆牡羊系列作品。

　　▲某天午餐後，妹妹被媽媽處罰，剛烈的不理教導。

太座（先開口）：「妹妹，你知道錯了嗎。」稍微軟下來。

小公主：「……」

　　▲小牡羊仍頂天立地不為所動，令人為其霸氣拍手叫好！

太座（和緩講道理狀）：「以後不可以這樣欺負姊姊。姊姊會痛知道嗎～」有妥協的口氣囉。

小公主：「………」兩眼直直盯著孩子的媽，眼眶泛紅。

太座：「來！馬麻看看！」妥協！？

小公主（放聲）：「哇～～～～～～～」勝負已分。

~亮家食物鏈~

　　這時我的心中響起了比賽結束的歡呼聲，這個故事的最後，雖然小女兒大哭了，但是那兩歲就剛烈的個性，為她在這場戰役贏得了滿堂彩。妹妹就像拳擊場上不畏虎的初生之犢，第一次出賽就以黑馬之姿將拳王擊倒，獲得了眾人的目光，雖然最後自己也倒下了，但是冠軍腰帶仍然屬於最後倒下的那位。從那時開始，我們家的桂冠一直懸在空中，還沒有人摘下來，因為一物剋一物，無限輪迴，誰也別想稱冠。

 ## 亮爸說亮話

　　妹妹心中的ＯＳ：不要想著贏，要想著不能輸！（節錄自電影《Kano》）

　　後來想一想，姊姊的溫和對上妹妹的剛硬，被欺負一點都不意外；我想那場雙牡羊的戰役之中，領悟得最透澈的應該就是姊姊了！

　　姊姊心中的ＯＳ：我的未來……好灰暗……還是看開吧！

Scene 2

小氣鬼媽媽

本書其實很大的一部分都是在寫兩小互相對抗的過程，一方面是因為有趣，一方面當然也是因為她們真的太愛吵架。可是偶爾也會遇到太陽打西邊出來的時候，大小公主兩個人就會有一種密不可分的默契；那是一種妙不可言的甜蜜氛圍，是一種姊妹同心，其利斷金的態勢；也是一種「泰山崩於前而色不變」的氣勢。通常遇到這樣的情況，家裡

場景	亂到不能再亂的家裡
人物	我、太座、大公主、小公主
時間	下午四點
天氣	太陽雨

的氣氛就會是好的，畢竟家裡最吵的兩隻和睦相處，不就是大人們得以安寧的黃金時刻嗎？但是，竟然會有人被兩小的合作無間給惹怒？這實在是令人匪夷所思。

　　難得的寧靜午後，陽光從不太厚實的烏雲流瀉而出，細細的雨絲從天空落下，清爽而不至於冷冽，但是也因為這樣的天氣，不能外出的兩女只好發揮自己無敵的破壞力和創意，盡情肆虐著客廳。

　　沙發上布滿著裸體的玩偶，地上有散落一地的積木陷阱，讓大人們不時的踩到哀哀大叫。書櫃上的書不是拿來看的，而是拿來墊成公主下午茶的茶几，拿下書本時，順便散落的ＣＤ也自由飛濺在地上，而ＣＤ延伸下來的那一條道路，長驅直入

王室的日常　　*77*

進了右手邊的小孩房，和一堆剛換過不下五次的公主衣服，散落了一地五顏六色如地毯般舒服。剛睡過午覺出來的孩子的媽，傻在走道上，看著寸步難行的木地板，原本應該要發怒的太座，反常的冷靜，按捺下性子，一路循著線索，尋寶般沿路收拾殘局，然而抵達客廳的當下，再也忍不住了！

太座：「小朋友們，好囉！客廳有一點亂了，幫忙整理一下吧！」耐心十足的問候語。

大公主（不理睬）：「妹妹你的麵包烤好了沒？客人ＥＬＳＡ在等了！」很明顯是下午茶遊戲。

小公主：「喔！馬上來！！」日本料理店歡迎光臨的聲量。

太座：「你們～～有聽到我說話嗎？」面帶微笑。

大公主（世故）：「有喔！等我們一下喔，我們現在客人很多。」生意真好……

小公主：「馬麻我們在忙～」正氣凜然的尾音上揚。

　　▲於是孩子的媽又繼續收拾起了積木，收拾的時候還不時因為踩到積木痛得大叫。

大公主（老者關心狀）：「媽媽你怎麼了？小心一點啊！」根本沒看過去。

小公主：「小心一點～～」上對下的拉長音口氣。

太座（口氣上揚）：「你們趕快過來收玩具！」開始些許不耐。

大公主：「哎呦～～你再幫我們收一下嘛」撒嬌狀。

　　▲於是太座又一路收拾了沙發上裸體的玩偶和四散認不出是哪個玩偶的衣服。低著頭默默收完了沙發，抬起頭來，卻發現兩小竟拿著不知道從哪裡變出來的餅乾，瞬間移動到座位坐

定，拿著遙控器相依偎的享受了起來，看到這幕甜蜜景象的太座，卻怎樣也溫馨不起來！

太座：「講幾次了叫你們來收玩具，你們現在幹嘛？起來！自己用的東西自己收？而且我已經收了那麼多了，剩下的你們來！」怒不可遏。

大公主（碎念狀）：「……小……氣耶！」氣音。

小公主（白目重複）：「小……氣耶！」控制不了音量所以比較大聲。

太座（大聲）：「你說什麼？」認真想要聽清楚。

大公主（顧左右而言他）：「小……氣耶……」帶著「鼠仔」的表情。

小公主（直白狀）：「小～氣～耶～～」白目又老實。

太座（緩慢而清楚）：「你！們！再！說！一！次！！！電！視！關！掉～收！玩！具～～～」

　　兩個不知哪兒借來的膽，竟然就一邊念著：「小氣耶……小氣耶。」一邊去收拾玩具了，這種怒犯天條的行為，竟然也做得出來，害我在一旁捏了一把看好戲的冷汗。

亮爸說亮話

　　這種勇於挑戰惡勢力的行為，雖然白目了點，但是可以看得出來，姊妹倆合作無間的時候，真的是天不怕地不怕，經歷了一場生命危險的戰役，兩小算是挺了過來，讓我對她們又心生了幾分的敬意。失敬～失敬～

Scene **3**

雨中的怒火

在一個細雨紛飛的夜晚,我和老婆以及大女兒三人,興致勃勃的開車外食。通常身為男人,在下雨天以及停車場很遙遠的情況之下,一定是要很ＭＡＮ的將妻小們先載去餐廳的門口,打著雨傘下車,將家人們安全送達餐廳門口安頓,然後再帥氣的將車開去停,如果要再瀟灑一點,就是連雨傘都不拿,以一種戴著鴨舌帽就可以抵擋萬千風雨的氣

場景	火鍋店外
人物	我、太座、襁褓中的大公主
時間	晚上七點半
天氣	小雨

勢,從遠方停車場,以路燈為背景逆光的方式走來,通常沒有一個男人不為自己如此霸氣的作風所感動(即便妻小根本沒看見)。

　　本篇開始前,我必須澄清一件事,有時候我就是會不自覺忘東忘西,或者是因為活在當下,而遺漏了些什麼,當然也因為這樣的習慣,造成了某些人的不適,甚至是憤怒;某些人⋯⋯指的是孩子的媽。

　　某天用餐完畢,雨勢看來沒有要停歇的意思,理所當然又是我們身為老爸帥氣轉身,毫不猶豫去牽車回來餐廳的場景。就在車子開到之後,拿著雨傘下車替妻小遮雨,當時襁褓中的

大女兒尚未開始行走，於是我撐著傘讓老婆將女兒安置在嬰兒椅上，一切就緒，關車門，收傘，上駕駛座，拉上安全帶……咦？孩子的媽怎麼沒有上車？就在我轉頭看向嬰兒座椅的窗戶外，一箭帶電的眼神射了過來。是的，就在老婆安頓完孩子關門之後，我頭也不回上了駕駛座，留下了淋雨的孩子的媽在雨中孤單佇立著，雖然在不到 15 秒鐘的時間，我又下車護送孩子的媽上車，但是，一切……都……太……遲了！

我（拿著傘衝下車）：「ㄟ……那個……」尚未擠出隻字片語。

太座：「你想說什麼？」看得出髮絲有一絲絲的濕潤。

我（極力解釋）：「沒有啦！想說很順的就上車了！」不知所措。

太座（正眼不瞧）：「你很順，我知道啊……」看著大女兒的方向微笑說話。

我（分不清頭上的是雨還是冷汗）：「呃……上車吧！」詞窮。

太座：「嗯……」意外的冷靜，讓人害怕。

　　▲大女兒從車窗內向外看著爸爸拿著雨傘接送媽媽的畫面應該很感動，如果她有將這個畫面烙印在自己的腦子中，以後一定會和自己的小孩或丈夫分享這個故事，但殊不知並不是她想像的那樣。

　　▲上了車之後。

我（解釋狀）：「剛剛那是意外啦！」想要傻笑帶過。

太座：「我知道啊，女兒最重要啊。」不卑不亢，哀莫大於心死。

我（打哈哈狀）：「也不是這麼說嘛！有時候就是瞬間的動作，像是表演有時候是直覺的東西，不能太設計，你懂吧？」此話一出，覆水難收。

太座：「現在要跟我談表演嗎？你忘了我是導演嗎？通常直覺

會忘記的事情，就是沒有放在心上，也就是說不重要或者不重視，這是戲劇心理學。」

我（吶吶狀）：「其實現在沒有要學術探討的意思⋯⋯」

太座：「哼！」

　　這件事情從此變成了我的把柄，在朋友之間成為了茶餘飯後話題，而且每到下雨天，我就會想起那個孤單的身影以及怒火中燒的眼神，又替我的白目事蹟清楚的刻畫了一筆。

亮爸說亮話

　　其實孩子的媽平常是溫柔婉約的，只是反應之快無人能及，故此篇文章並不是要表達什麼女強男弱的概念，要表達的是，老爸的腦補和自我感覺良好固然是生活的一大重心，但是請記得，帥氣轉身之前，要多留意、多思索、多觀察一會兒，以策人身和下半生的安全。

購物狂的基因

場景	超商
人物	太座、一歲半大公主
時間	悠閒母女逛街的傍晚
天氣	充滿希望的黃金日落

走進琳瑯滿目的超級市場，眼前座落著比便利商店更多彩多姿的商品，孩子一旦走進去，就像走進了希望的天堂，超商電動門打開的「叮咚」聲，就是帶領她們往天堂走去的悅耳聲響，更不用說電動門打開時，那陣透心涼的冷氣，像是進入美夢的一陣催眠清涼，而面帶微笑的店員就是天使了。

身教很重要，從説話、做事、行為，甚至小至生活習慣，家長永遠是小孩學習的對象。現在的便利商店和超商，三步一小家，五步一大家，買東西這件事情已經不像以前我們小時候，是一種天大的恩賜。太過於方便，使得從小養成不浪費，以及不隨便看到商店就進去要東要西的習慣，變得更加困難，這就仰賴於父母親甚至是爺爺奶奶的把持力。時代在變，但孩子出生是一張白紙這件事情並不會變，我們無法控制社會如何進步，但一定要堅守好對於畫上白紙的那一撇、一橫、一豎，抑或是紅、橙、黃、綠、藍、靛、紫。

對於購物這件事情的身教，我們都小心翼翼，但是孩子的觀察力雷達，總在我們未察覺的時候開到最大，她們也進化了

一手自己要東西的方式。

　　孩子的媽那天並沒有特別要幫女兒買什麼，只是一個生活用品購買日常，走到了奶蛋冷藏區，大女兒眼見機不可失，所以……她，進化了。

大公主（試探性）：「馬麻？你到這裡要買什麼啊？」天真無邪到極致。

太座：「呃……我還在看耶！」尚未意識到有問題。

大公主：「哇～這裡好涼喔！」很明顯到了冰箱區。

太座：「那你就多吹一點冷氣，小心不要感冒就好。」

大公主：「馬麻，你看！是牛奶耶！」超級大驚小怪。

太座（覺得不對勁）：「是啊！但是我們家還有奶粉所以不用買！」堅決否定的口氣。

大公主：「喔～～對吼！咦？馬麻這是什麼啊？看起來好奇怪？」

　　▲大公主佯裝隨手拿了一包我們明明平常就會買，就算化成灰，我們都會認得的起司，也就是說她根本就知道它是什麼，卻明知故問。

太座（竊笑）：「喔～～～這個是廣告有出現的那個啊，我們有買過啊。」

大公主（超大驚小怪）：「我想起來了！！是聰明媽媽Cheese!」

太座：「你記起來了啊！真聰明，我們走吧！」不買就是不買，準備轉身離開。

大公主（切入主題）「馬麻，買這個啦！對你好耶！」咦？什

麼邏輯？

太座：「為什麼對我好？」

大公主：「因為聰明媽媽都會買這個耶！」隱藏的動機。

太座：「可是我很笨，所以我不能買！」以退為進。高招。

公主：「那你更要買啊？」

太座：「為什麼？」認真不解。

大公主（理直氣壯）：「買了以後就會變成聰明媽媽了啊。」

　　然後很順手將 cheese 放進了購物籃，流露出充滿著期待，卻同時必須要壓抑住這份期待，演出一種很日常的隨意情緒，看在身為導演的媽媽眼中，這演技之自然之真情，非影后莫屬！成交！買！

亮爸說亮話

　　欲望驅使著孩子將學習的雷達開到最大，而且小腦袋在不停運轉當下，就會在一瞬間突破了自己的窠臼，進化成了雷丘（這個卡通人物大家應該知道吧）。一次又一次，父母在開心欣賞孩子的賊頭賊腦之餘，還是有點擔心我們可能快要玩不過她們囉～～

Scene **5**

皇后的菜單公主不買單

有一段時間，太座的工作比較清閒，幾乎三天兩頭都可以回家煮飯，對她來説是工作之外一個充實又幸福的時光。站在廚房裡面柴、米、油、鹽、醬、醋、茶，女兒伴在身旁嬉鬧撒嬌，實在是世界上最歡愉、最柔美的畫面了。但是人的味蕾真的是很挑剔，身為大人的我，對吃沒有太過要求，所以三天兩頭吃一樣的東西我也無感，可是兩位公主的舌頭可沒那麼不挑……

場景	連續番茄炒蛋的第三天餐桌
人物	我、太座、大公主、小女兒
天氣	陰雨
氣氛	詭譎

我們家的皇后，是職業婦女，但又不是一般朝九晚五的上班族，有時候朝十晚九，有時候朝八晚十，是一位無法自由控制時間的職業婦女。而我的工作是可以 24 小時不回家，但也可能一個多小時就結束工作的演員，24 小時待命，也是不在這個社會的正常 SOP 當中。

但是偶爾幸運的，太座會有機會朝十晚五提早下班，那時她就會希望能夠為公主們準備一頓**精緻的晚餐**，但是有時候孩子的直接，真的是太傷人。

大公主（嫌惡狀）：「馬麻～又是番茄炒蛋喔！」

太座：「可是我今天有加豆腐耶。」極力解釋。

大公主：「喔……可是炒蛋好像已經連吃好幾天了耶！不能炒別的嗎？」

太座：「有炒別的啊！豆腐啊～」我想孩子應該不是這個意思。

大公主（勉強狀）：「喔……」

太座：「這個很營養啦！吃了才會長高！」

大公主：（小心翼翼）「我們什麼時候可以去姨婆家？」隱密的要求。

太座（直白的問）：「你……覺得我做的東西不好吃嗎？」心平氣和但……

大公主（掩飾傻笑）：「沒有啊！馬麻、奶奶、姨婆煮的，我都喜歡啊！」好懂事好世故。

小公主（白目狀）：「馬麻～～～怎麼又是番茄啊～～～～～我要找奶奶～～」

▲我和大女兒背脊發涼、手冒冷汗互相對看。

太座：「旁邊還有青花菜啊，你最愛的！來～」順手拿了一朵給小女兒。

▲小女兒很順從的拿了青花菜，小心翼翼吃了一口，然後站在原地，眼神流轉了一下，很明顯就知道她接下來會有小動作要發動了，但是她們的媽並沒有發現這個轉折，於是小女兒就如同平常一樣無法坐定在座位上吃飯，蹦蹦跳跳拿著青花菜跑走了。

太座（回神）：「妹妹你去哪裡？」

小公主（大聲）：「等我一下喔～」聲音從房間傳來～

我（略知一二）：「妹妹～～你在～幹～～嘛啊～～」

小公主：「沒～有啊！我來了！」

▲她說完就從房間衝了出來，很反常的端坐在位子上。看到小女兒這樣，我知道案情不單純。於是我不動聲色走進了房間，尋找那朵她媽給她的、看似吃光消失的青花菜。果然不出我所料，那朵青花菜不偏不倚放在我的桌上，還有試圖用紙張掩飾但是又沒蓋好的痕跡。

▲拿著那朵捉迷藏沒藏好的青花菜，我默默從房間走了出來，走近餐桌。

我：「妹～妹～～這是你的嗎！？」一臉的促狹樣。

小公主：「啊～～～」啞口無言。

太座（一眼就了然）：「你們知道這世界上很多人都沒東西吃嗎？東西不吃還亂丟！都不要吃了！」霸氣又外洩了。

無辜的大女兒和我，只好等著皇后氣消了之後，才默默享用冷掉的晚餐，晚餐期間兩人不時瞪向罪魁禍首，但小女兒似乎沒有悔改的意思，實在該打個五十大板。

雖然那天看似日常的飲食生活落了幕，但孩子無心說出的話語，卻在孩子的媽的心中留下烙印，接下來幾天只要有機會，不服輸的她就會端出平民版滿漢全席，也堵住了兩位挑食的小嘴。

亮爸說亮話

　　老爸如果覺得媽媽煮的東西不夠豐盛，請勿逆鱗主動提出建議，撇步就是交給孩子去處理，這才是能全身而退，又能大飽口福的上上策。但是皇后最近好像又故態復萌了，看來該和孩子們默默開個家庭會議了……

第三天了‥‥‥‥‥‥‥‥

Scene **6**

小肚子大危機

大女兒是個愛吃且無極限的女孩兒，小女兒是個不愛吃又愛鬧的小鬼，兩人從個性到外型都不像姊妹。不知道她們上輩子的緣分是什麼，但這輩子目前是對彼此又愛又恨，無庸置疑。

場景	晚餐過後杯盤狼藉的餐桌
人物	我、太座、大公主
時間	酒足飯飽的八點多
天氣	陰涼

　　話題回到大女兒的愛吃，她那總是能夠在正餐結束三十分之後又說餓的能力，每次都讓我們捏一把冷汗。因為如果只是說：「我想吃……」倒是有動力可以將其制止，可是如果說出了「餓」這個字，作父母的不給點糧食填補她的空虛寂寞，似乎就有虐待小孩的疑慮。每次都在再三掙扎之後，給予大女兒滿足口腹之欲又不太高卡的乾糧打發，但多吃少動的情況之下，久而久之漸漸能夠看見她呼吸時，隨之不自覺起伏的小肚山丘，不嚴重……真的不嚴重……只是山丘……不是玉山頂峰……還好……還好。（鴕鳥心態中）

　　但是有一次，大女兒卻因為吃東西，造成了自己的生命危險……

大公主：「馬麻，我好像又有一點餓了耶！」（吃完飯大概十五分鐘）

我：「你……你是認真的嗎？」真心驚嚇。

太座：「陳小菩，你才剛吃飽耶，不要太誇張囉～」

我（認真狀）：「你是剛剛晚餐沒有吃飽嗎？我不是說正餐就吃飽一點，這樣就不會想要吃零食了啊！」極力說服中。

大公主：「那應該是剛剛沒有吃飽吧，我沒有吃很多啊！」極力撇清。

太座：「你自己注意一下喔，你的小肚子已經跑出來見客了！」

大公主：「可是馬麻你自己還不是……」最怕……空氣突然安靜，最怕……女兒突然的關心……（改編自五月天《突然好想你》）

我（大驚）：「！！！！！！！」看向大女兒。

大公主（失色）：「！！！！！！！」大女兒看向我。

太座：「你說什麼？」真心沒聽見。

大公主（掩飾狀）：「沒有啊！我說我不餓了。」

我（咬耳朵）：「你是要說馬麻的肚子也……對不對！？」驚恐並竊竊私語。

大公主（顧左右而言他）：「沒有啊！我沒有說……」開始玩起玩偶。

我：「你小小聲和我說，沒關係啦！」找死的想確認中。

大公主：「把拔你不要再問了，我說我飽了！」一溜煙逃離現場。

天知道如果那句話被皇后聽到，這個家又會掀起什麼樣的戰爭？幸好在那個當下，機警的大女兒把那句話「吞」了回去，那句重量級的話，也足以讓她抵擋飢餓，嚇一個飽到天亮了。畢竟吃東西與撿回一條命相比，還是留住小命要緊啊！

亮爸說亮話

　　留得青山在，不怕沒飯吃；留得小命在，零食改天吃！小小的年紀就在面對生命危險的隙縫中求生存，生死一瞬間。說話這門藝術，絕對是人生中非常重要的課題啊！

為食生死一瞬間。

外婆的玻璃心

外婆,一個堅強的金牛座,從小獨立帶大了孩子的媽,是個堅強的岳母,卻因為外孫的堅強而默默掉下了眼淚?

場景	外婆家
人物	姨婆、外婆、一歲多的大公主、太座
時間	八點多要移師回家的時間
天氣	啜泣的天空

現在把鏡頭拉到岳母,也就是孩子的外婆身上。我們家這兩小從小就很幸福,爺爺奶奶又愛又疼不說,姨婆、外婆、舅公更是有過之而無不及,兩小在他們身上可說是予取予求。先前我有形容了我的老爸,也就是孩子的爺爺,從年輕時的鬼見愁,搖身一變成了現在的彌勒佛(身材還沒,但是快了),原本的人見人怕,卻因為孫女的到來,開啟了人生幾十年以來最溫柔的開關,溫柔到連孩子的奶奶都吃醋。身為人生指導組的長輩們,經歷了無數的大風大浪才走到這兒,除了想當年的經驗談之外,真的很少再有「第一次」的體驗。而孩子的到來,讓他們紮紮實實體驗到「第一次」當阿公、阿嬤輩,也再次讓他(她)們有了新的人生體悟和學習機會。

又是一個開心回娘家聚餐的時刻,姨婆外婆的家相較於我們家,大得像海一樣可以盡情徜徉,甚至可以在裡面奔跑追逐,

來到這兒的大女兒，永遠可以伸展自己的手腳，肆無忌憚玩樂。每次孩子回去，長輩總會將一般的家常聚餐弄得像「辦桌」那樣豐盛[註2]，一道又一道的菜把桌面擺放的一點空間不剩（而且桌子的大小真的是辦桌那種大圓桌），讓孩子可以大快朵頤，營養均衡。這時吃東西不落人後的大女兒，就會如天使般自動就位。

★註2：因為長輩不惜成本辦桌，所以兩女在家常常會拿這件事來說嘴，讓身為父母的我們不得不以做效尤。參見本章 Scene 5：皇后的菜單 公主不買單）

姨婆：「小菩，來，這是你最喜歡的甜地瓜湯喔。」其實是羅宋湯的藝名。

大公主：「耶！我要！」眼睛散發出光芒。

外婆：「小菩兒，這裡有高『梨』菜（高麗菜）喔！」服務得無微不至。

大公主：「謝謝外婆。」外婆已融化。

姨婆：「小菩好乖喔！都坐著乖乖的吃飯。」吃得津津有味、有條不紊，還不忘點頭。

外婆（台語）：「吼～～這個囝仔怎麼那麼乖。」讚嘆得很發自內心。

　　整個晚餐的過程當中，就看著姨婆和外婆兩人，不停讚嘆大女兒吃飯時的乖巧與聽話，兩人都顧不得自己還空著肚子，一搭一唱搶著服務這個可愛的金孫，我倒是在旁邊狼吞虎嚥，觀察著大女兒的碗少了又被填滿，原本吃過一輪的菜又回來一輪，我心裡擔心的是這個晚餐的分量似乎有點ＯＶＥＲ了，但如果在長輩「侍奉」大女兒時，我卻潑冷水般從旁提出「節制飲食」理論，想必一定會被白眼，然後晚餐過後不免俗就會有一個「長輩經驗分享」大會，所以在此還是閉嘴默默享用我的滿漢大餐吧。

▲菜過三巡之後，喝掉了湯碗裡的最後一滴湯，看得出大女兒的口腹之欲已經滿足到無法掩飾，於是聽見她飽足大喊！

大公主：「我吃飽了！」

姨婆：「你吃飽了？還有很多東西耶！」我心一驚，期待姨婆看見大女兒那飽滿的小肚肚。

外婆：「可是你不是喜歡吃這個滷蛋和豆干嗎？再吃啊！」我心二驚。

大公主（禮貌十足）：「不用了，我吃飽了！謝謝姨婆、外婆！」雙婆融化，我感到安心。

▲於是大女兒下了餐椅，逕自往客廳優遊去了，看著大女兒的背影，雙婆感歎了起來。

姨婆（台）：「吼～～這囝仔那ㄟ加乖！你們教得很好喔！」發自內心的感嘆。

我：「呃……姊姊本來吃飯就很乖啦。」謙虛了起來。

外婆：「吼……這種年歲的囝仔吃飯那ㄟ乖甲阿捏啦！這……孩子……是不是都沒人在顧啊？」說著說著紅了眼眶。

▲登愣！青天霹靂，或許是因為見過太多的世面，外婆的編劇功力和想像力甚至是感受力都太強了，原本孩子乖乖吃飯這樁美事，竟然發展成了因為沒有人顧她，所以她只好自己吃飯，我……我必須好好解釋一下。

我：「沒有啦！那是她本來就很乖，而且我也有請奶奶一定要幫她養成餐桌習慣。」

外婆：「應該不是因為奶奶太忙，所以都沒顧她吼？」持續悲從中來。

我：「不是不是，真的是因為她天性乖巧，孺子可教！」緊張到說起了成語。

外婆：「那就好啦，不是沒人顧就好～吼……這囝仔…實在是……」還陷在情緒之中無法自拔。

其實這段小故事，後來也常常被孩子的媽拿來吐槽外婆，但是我想是因為外婆太愛這個孫女，又加上她自己是從小辛苦拉拔孩子長大，所以她會有這樣的劇情發展，也是可以理解的。只是……岳母大人……您讓小的我，這頓飯吃得好緊張啊！

亮爸說亮話

大女兒的乖巧讓外婆擔心她沒人顧，那我想後面來的那一隻小的，就是她完全想要看到的。小女兒的霸道和任性而為在餐桌上……喔不！是永遠不會乖乖在餐桌上，於是乎外婆看見了同一個環境下，完全不同樣的兩個餐桌禮儀案例，一個是不到完食不下桌，偶爾再多吃；一個是永遠不在餐桌上，吃個飯追趕跑跳碰，中式餐當法式餐在吃，吃完飯剛好消化完。各有優缺點，要哪一邊，請！選！擇！

各有優缺點，要哪一邊……請！選！擇！

Scene 8

祖孫的史詩級戰役

場景	客廳／主臥室
人物	我、奶奶、小公主
時間	下午兩點多
天氣	我覺得冷 奶奶覺得熱

這是一個一般的日常，大女兒上課，小女兒起床就高歌不斷，但是必須在家專心創作的我，需要一個安靜的空間，於是，年度最佳防守球員 L.W.L（註3）——孩子的奶奶，被我重金邀請到家中，看管年度最佳攻擊手小女兒 C.H.C（註4），好讓我可以專心工作。

Let it go ～ Let it go ～ Elsa 音樂再次響起，今天已經是第七遍了吧我想。自從迪士尼公主們進駐到了我們這個小小的家庭之後，每天都會出現這一曲「讓他走～讓他走～」，而我的心情當然也順應時勢就讓他去了，因為一天出現這麼多次同樣的歌曲，很難不放下心情「吼一企」（台語）。

身為擁有一個不安靜就無法做事的分心體質，真的很難在有小孩在家的時候做事情，雖然孩子的奶奶會在旁邊積極防守，也難防小人鑽漏洞，一個轉身就切入禁區上籃得分，這邊的上籃得分，說的是直接殺到我的房間趴在我的背上找樂子。

有時候，孩子的奶奶會用比較嚴厲的口吻，嚇阻想要偷溜的小女兒，讓她專心待在客廳讓我安靜做事……但是，一山還

有一山高，小女兒的「奸巧」永遠會為她找到生命的出路，也斷了我想要專心做的「頭路」^{（註5）}！

★註3：奶奶全名的英文縮寫，因為是年度最佳防守球員，所以給她一個簡寫聽起來比較霸氣。

★註4：根據註3，同理可證。

★註5：雖然身為演員，工作的地點通常在外奔波，但是因為有做一些文字和影像上的創作，所以不時還是會在家工作。比如說，這本書就是在這樣的情況下完成的。

當最強的盾遇上最強的矛，這無非就是ＮＢＡ總冠軍賽般精彩，只是我雖然無暇欣賞，卻也無法不偷偷摸摸的在戰火下生存。小女兒與奶奶在禮貌的相親相愛、互相依賴、互相想念的甜蜜擁抱之後，祖孫倆各自分開，一個在看韓劇，一個在玩玩具，但是孩子的耐心總是會被時間悄悄的帶走，過沒多久，蠢蠢欲動的C.H.C熱身完畢，要率先對我發動攻勢，但不虧是年度最佳防守球員奶奶L.W.L，在對方尚未切入籃下先馳得點之前，就踩住了禁區成功阻擋。

奶奶（巨大的身影）：「妹妹你想幹嘛，把拔在工作喔，不要吵把拔！」

小公主（含著奶嘴大叫）：「嘎嘎（爸拔）～～你帶（在）～～～槓拿（幹嘛）～～～」口齒不清。

我（被打斷）：「我在『班』^{（註6）}～」大聲回應。

小公主（毫不在意）：「ㄋㄞˊ（來）～陪～我～王（玩）～～」完全不在意我在幹嘛。

奶奶（大聲）：「把拔在班，你不要吵把拔，等等帶你去散步。」

小公主：「我～ㄍㄧㄠˋ（要）～嘎～嘎～陪～」持續大聲著。

我（大聲回應）：「再一下下就好了。等我一下！」很明顯是

在敷衍。

小公主：「《ㄨˊ（不）要！《ㄨˊ要！《ㄨˊ要！要現在！！」才兩歲多而已就如此難搞……

奶奶震怒：「妹妹，你再這樣我要帶你去我家囉！」咦？什麼時候去奶奶家變成了懲罰？

小公主：「…………」好像真的是懲罰。

　　▲趁著小女兒靜默，絕對不能放棄這個大好的機會。於是我馬上進入狀況，文思泉湧，振筆疾書了起來～～

　　▲說時遲那時快，大門突然打開，還來不及回神的我就被一計擒抱得手。

小公主（得逞甜蜜狀）：「嘎嘎（把拔）～我要看照片～～」我融化了。

我（撒嬌狀）：「等我班完嘛～拜～託～」不能認輸。

小公主（兩倍撒嬌狀）：「給我看嘛～拜！託～～」竟然以其人之道還治其人之身，還加倍奉還！？

　　被突破了防線卻尚未驚覺的奶奶，突然從韓劇中回神（不知道是《奇皇后》還是《太陽的後裔》可以讓她如此入迷），氣急敗壞的邊喊邊衝進了房間，以一個會被判技術犯規的方式抓走了小女兒，關上門之前小女兒掙扎抓著門把死不放。雖然最後還是被奶奶拖出了房間關上了門，但仍然可以清楚聽見兩個相差 50 幾歲的祖孫倆在外吵架的聲音。

小公主（哭腔）：「奶奶討厭！放開我～救命啊～。」救命咧……電視看太多。

奶奶：「你怎麼不聽話咧？就說拔把拔在工作啊！」聲音大到整棟大樓的鄰居都知道我在工作。

小公主（失控狀）：「啊～～～～不要不要不要～奶奶討厭～～」
老招：一哭二鬧三不要。

奶奶：「再這樣我要叫野狼囉～～」奶奶忘了，野狼早就已經
不管用了。

小公主（邊哭邊嗆）：「野狼我才不怕！！！！我！要！把！
拔～～～」最好是有這麼愛我。

　　所以，在這樣熱鬧的氣氛之下，我
只好放棄了！默默關上了電腦，背上我
的哨子，穿上我的裁判衣，打開了房門，
拉開了兩個吵架的祖孫，兩個人各給一個
技術犯規，然後結束了這場年紀相差四輪
（四十八歲）的戰役。

　　你問我工作怎麼辦？！老樣子，半夜
再說囉！唉～～～

★註6：班，上班的簡寫，亮氏家族特定用語。

亮爸說亮話

　　其實看到祖孫吵架還滿好玩的，因為老人和小孩的對
話，永遠那麼無厘頭，只要在不傷感情的情況之下，偶爾隔
岸觀虎鬥，看著那老老虎和小小虎的互吼，不失為生活樂趣
之一！（唉～我真是樂觀的火象星座）

Act. 4

老爸小劇場

大鎖年代

　　Locking，大家都知道是一種舞蹈的名稱，節奏輕快，舞姿帥氣，瀟灑不可一世，尤其是最後的 ending pose 更是把氣氛帶到最 high，熱血沸騰。

　　但是那是年輕人的 Locking，對我來説，Locking 是慢舞，腳步沉重，姿態優雅卻毫無生氣。Lock：鎖，Locking：正在鎖，這是很多朋友在我結婚生子之後給我的稱號。

　　我想這個稱號或許不適用在所有成家的男人身上，但用在一個愛朋友的人身上絕對是再適合不過了。

　　適逢辛苦的拍戲日程，沒日沒夜，同事們之間每天相處只為了拍戲，所以只要有空就會有人相約聚餐，對於以前的我來説，「再累，都要和你喝杯咖啡。」基本上就是我的墓誌銘，啊！不是，是座右銘。不可諱言，有了小孩之後，雖然重心轉移了，但內心仍然會有那一絲絲期待，想要有機會出去和朋友們聚聚，打屁聊天放輕鬆。

　　這個時候，家裡的三道鎖就會用不同的方式，以電話進行一個語言密碼鎖的動作。

第一道（太座大鎖）：

a

我：「今天很多人都在同一場結束後沒班，可能會去聚一下！」

太座：「你們每天都已經聚在一起拍戲還要聚餐？吃便當不就是聚餐了！」

我：「那不一樣啦，還有工作在怎麼算！」

太座：「喔！是喔～去啊！我們都在家等你喔～」

　　▲結局：沒去。

b

我：「今天 ×× 哥有在約大家看要不要吃飯！」

太座（苦勸）：「熬夜拍戲你們不累喔？快回來休息吧。」

我：「就 ×× 哥想請大家吃飯咩！」

太座：「我是在擔心你的身體耶，你已經多久沒睡覺了，只要聚餐就有力氣？」

　　▲結局：沒去。

c

我：「等一下要去 ××× 開的店坐一下」

太座：「喔～大概什麼時候回來？」

我：「現在去坐一下喝一點小酒大概十一二點吧！」

太座：「喔～～好啊！只是這幾天你都在拍戲，小孩想你了，你等一下回來她們又都睡了！」

我：「……」

　　▲結局：還是沒去。

第二道（大公主中鎖）：

a

大公主：「把拔你什麼時候要回來，我昨天沒有看到你耶！」

我：「再一下下，大概八點多就回去了！」好誠實。

大公主（對著電話外面）：「馬麻，把拔八點多就會回來了！」
據實以報什麼啦！

b

大公主：「把拔你在吃飯嗎？」

我：「你怎麼知道？」

大公主：「吃完要回來了吧！」

我：「還沒啦～我才剛要吃。」

大公主：「吃完趕快回來陪我做功課。」

我：「馬麻先陪啊！」

大公主：「馬麻教完英文了，然後她說畫畫功課她不會，要你
　　　　教我！」

大公主：「把拔你在『班』喔？」

我：「對啊！」

大公主：「不要『班』了啦，快回來陪我玩，我想你！」很會。

我：「馬麻也可以吧！」

大公主：「馬麻說她不想當馬，但是你可以～」

我：「‧‧‧‧‧‧‧‧‧」

大公主：「把拔你辛苦了～我在家等你喔！」

我（毫不猶豫）：「好！我等一下就回家了！」

第三道（小公主小鎖）：

小公主：「把拔我愛你。」第一句話就放大絕。

我：「啦啾！我要回去囉！」制約。

我：「什麼事啊？」

小公主（興奮）：「把拔把拔把拔把拔～～～～～」跳針喔。

我：「聽到了聽到了，妹妹妹妹妹妹～～～」

小公主：「快來接我吧！」命令口氣。

小公主：「把拔你『班』完了嗎？」怎麼那麼準，剛收工就打來。

我（不疑有他）：「剛下班耶，你好厲害喔妹妹！可是等一下……」被打斷。

小公主：「把拔要回來了～～～耶～～～～等你喔！拉啾！」瞬間掛電話。

　　是的，就在聲控上鎖完畢之後，掛上電話，我就會呈現一個被催眠的狀態，整理行囊，背上背包，然後看向邀約我的演員同仁們，他們的眼神透露出一股同情以及「我懂！你去吧！改天再約。」的語彙，他們強烈的憐憫眼神深深傳達到了我的內心，當下，只可意會不可言傳。久了，這樣的戲碼就少了，因為，**再也沒有人要約我了**……

亮爸說亮話

　　一道鎖還可以勉強抵擋，兩道鎖還能誓死對抗，三道鎖……就別再掙扎乖乖回家吧……

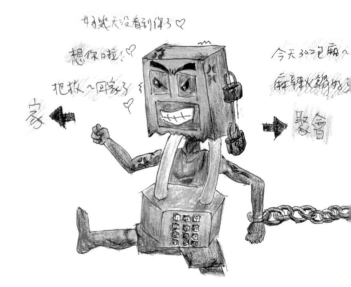

Scene 2

火燒月子中心

騎著我從台北運下去當代步工具的野狼，飛奔到了花蓮車站，然後又一路到了月子中心的我，歸心似箭射向了房間。

場景	月子中心
人物	我、太座、出生一個月的大公主
時間	下午三點
天氣	陽光普照

男人啊，自從你離開男孩有一段距離之後，再來另一個階段，就是升格為父親的這個過程，當了「爸比」，男人要更多想一點、多關照一點、多細膩一點、多替自己的「人身安全」注意一點。

俗話說：「小孩會自己帶財來。」這樣的說詞可不是沒有道理的，人生中的第一個父親節，100 年 8 月 8 號，小孩出生的第五天，我就前往花蓮拍戲，我的大女兒似乎挺愛錢的，不偏不倚讓我休息到將她們安排進月子中心的那一天，還很仁慈的讓我下午睡了一個好覺，彌補我在醫院照顧她母女的疲憊，然後就毫不猶豫，請天公伯定好日期，讓我馬不停蹄賺錢去了。

對於一個新手老爸來說，小孩出生五天就要離開半個月，實在是生離死別啊，為了讓分離的傷痛不至於太過於強烈，於是我換了人生的第一隻智慧型手機 iphone 3（舊機換新機，孩子的媽用新的，我理所當然勤儉持家接收舊的）。所以，每天除了拍戲之外，就是在花蓮美麗的夕陽下，觀賞孩子的照片。

雖說是離別，但是在很多新手老爸的觀點中，一定會覺得我可以逃離那段沒日沒夜的「**無法一覺到天亮**」夢魘，實在令人羨慕至極，但是那個時候的我，即便只有兩天的假期，也會騎著我運下去的野狼飆去車站，飛奔回小孩的身邊。後來拍完戲，回歸家庭都市生活之後……嗯……我承認，花蓮的那段時光，算是我人生中的黃金時期，無憂無慮的拍戲，回家又有小孩玩，完全沒有意識到，孩子的媽在我不在的這段時間，受盡了多少的磨難；所以就在我數不清，來來回回月子中心的日子，每次都以小孩為優先目標時，積怨已久的太座大人終於爆發了。

太座：「耶～～把拔回來了！」掩不住的興奮。

我：「妹妹呢？」當時小隻尚未出生，所以姊姊的身分尚未提升。

太座：「剛剛回去了。」面帶疲憊的愉悅。

我：「蛤～～～～是喔～」完全的失望。

太座：「……」表情冷了下來。

我：「睡著了嗎？」

太座：「不知道……」稍有不悅。

我：「那我去看她喔！」迫不及待即將衝出門。

▲剛進月子中心房門，才剛將背包放下，就打算要再次離開，但突然間感到背脊發涼，一陣陰風吹來，烏雲密布，即便是豔陽高照的 8 月天午後，仍然令人不寒而慄。

太座：「你……**當我是代理孕母嗎**……」說話的情緒不卑不亢，但猶如五指山從天而降。

我：「沒……沒有啊。」以一種小偷被抓包的方式回頭看。

太座：「不然你當我是什麼？」

我（極度寒冷）：「我只是要上廁所……」話尚未說完。

太座：「以後如果你回來先問女兒在哪，你下次回來就……找！不！到！我！了！」

我：「！！！」極度受驚狀。

　　孩子的媽語末的五個字鏗鏘有力，字正腔圓，每個字都當頭棒喝敲在我腦袋上，到現在孩子六歲了，還讓我覺得餘音繞樑。

　　當下我 freeze 了，即將踏出的腳步靜止在那兒，就像知名品牌 Porter 的 Logo 一樣，進退兩難。那一天的月子中心都呈現一個高溫的狀態，怒火圍繞著的太座，一直到了孩子被推進來的時候，才自動滅火。

 亮爸說亮話

　　當爸之後有好多的課題要學，沒人教你，但老爸們可要心領神會。

　　先抱女兒可以讓你快樂，但先抱老婆可以讓你人生通順。請三思啊！

心甘情願與心不甘情不願

場景	家中
人物	我、大公主、小公主、憤怒的太座
時間	晚餐過後八點多
天氣	熱

話說，在住有三個女孩兒的女生宿舍中，男性的角色很重要，時而威嚴，時而溫柔，時而剛強，時而柔軟，大丈夫能屈能伸這句話，不要說在社會上，在家裡更為重要。

但是男性的尊嚴，通常只發生在夫妻的領域，父女的領域，有時候會讓父親忘了男性尊嚴這件事情，但是爸爸忘了，不代表在一旁冷眼的媽媽會忘記。

大公主：「把拔，可以幫我拿一下房間裡面的美樂娃娃嗎？」正在打造公主下午茶場景的大女兒下指令。

我：「喔！好啊！」不疑有他。

小公主：「把拔把拔我也要那個安娜的。」

我：「沒問題～」樂此不疲。

大公主：「把拔！美樂的衣服你知道在哪嗎？」

我：「我沒看到啊！我找一下～」自動自發。

小公主：「把拔！安娜的鞋子不見了！」

我：「我正在找，等我一下！」使命必達。

　　在兩個女兒渴望的眼神之下，我翻箱倒櫃找著零亂的玩具區，誓言要找出她們口中的遺失物（老爸的功能之一：協尋失蹤人偶），在她們催促並且期待的聲音中，我英雄般找出了她們要的東西，並且順利幫她們完成了公主下午茶派對的 setting，自以為英雄般的回到了我的定位之後，又有聲音傳來了。

太座：「把拔，你知道我們家的捲毛球機在哪嗎？」溫柔的問話。

我（直覺）：「我不知道啊，應該在你化妝台後面的櫃子區吧。」文風不動。

太座：「你可以去幫我找一下嗎？」持續溫柔。

我：「可是那區都是你在用的，你應該自己知道放哪裡吧！」不動如山，屹立不搖。

太座：「上次不是你有用？」開始質問。

我：「那也是很久以前的事情了吧！中間你自己應該也有用吧！」

太座：「啊你去幫我找一下會死嗎？」怒氣外露。

我：「等你把你那區整理完，我再來找啊！很亂耶～」男人的尊嚴表露無遺。

太座：「最好你女兒的話都是聖旨，我說的都是屁啦！」已怒～

我（絕不妥協）：「這根本是兩件事好嗎？」

大公主：「把拔，你去找一下嘛！馬麻在班耶！」邊說邊推。

小公主：「把拔快去！！！」與太座同樣身為牡羊座的小女兒，

這時立場很明確，還從後面打了我屁股一下。

我：「喔！好啦！」

　　然後我就真的毫不推拖，站了起來立馬去找，經過了太座的身邊，感覺一把沾滿汽油然後點火的箭朝我射來，完全可以感受到她那具體的憤怒，呼～～好燙！

亮爸說亮話

　　父母之間的拉扯，有時候比姊妹的戰爭更激烈，那是存在於檯面下的一種意識形態的對抗，尤其在女兒面前，這尊嚴是一定要抓住的。但是女兒不在的時候呢？讓我們……繼續……看～下～去～

Scene 4

感人的「大打」

我一直以為孩子並不知道,不管我幾點回來,只要她是睡著的,我都會替她拉好被子,看著她熟睡的側臉,輕輕拍撫她,給她「大打」,然後就精力充沛又趕出去拍戲,孩子如同我的「充電器」,就算休息時間只有一個半小時,我的選擇不是在休息室打盹,而是衝回家充電一番(少於一個小時例外)。

場景	主臥房床上
角色	我、兩歲大公主
時間	日夜顛倒的早晨七點半
天氣	陽光從雲端細縫灑下

大女兒兩歲左右,有一段時間是我沒日沒夜的拍戲時光,常常凌晨 4:00 回家休息兩個小時又再出門,不然就是小孩醒來的時間我在睡,即便真的好不容易醒來,有搭到她還沒睡午覺的時間,玩了一下我又要出發了。有時候我都會想著,再這樣下去,小孩會不會覺得,自己的爸爸只是一個被請來**偶爾陪她玩樂的叔叔**而已⋯⋯

又是一個熬夜拍戲回家的日子,原本有一段睡到下午的幸福時光,可以晚上再進棚繼續努力,雖然日夜顛倒,但至少還有「睡覺」的可能性。這樣的可能性,在孩子起床後就會一切告吹,於是從一進家門,我就如同一個剛出道手腳不利落的小偷一樣躡手躡腳,深怕驚動到熟睡中的公主。平常可以在一分

鐘內完成的進門動作，我花了五分鐘。小心翼翼轉動鑰匙，將所有動作分解，如同開鎖教學錄影帶一樣，仔細又緩慢，關門也是專心轉著門把，讓卡榫慢慢的，安靜的，回到它該有的位置。終於，所有外在的物品都靜悄悄的安頓完畢，接下來**最大的挑戰就是，洗！澡！**

身為一個粗人，習慣戰鬥澡的我，在這時刻會跟洗貴妃浴一樣慢條斯理，蓮蓬頭不敢掛在高處，而是坐在浴缸裡面讓水流緩緩且性感的滲透我每一寸肌膚（ㄟ……怎麼有點不「蘇胡」）。雖然我知道這樣是浪費了我睡覺的時間，但是比起大女兒零秒從睡眼惺忪到火力全開要陪玩，我寧願現在多花一點時間掩飾我的罪行！（我到底做錯了什麼？）

花了二十分鐘，貴妃即將出獄，啊不是，是出浴；最大的挑戰已經結束，史上最安靜不超過十分貝的**金氏世界沐浴紀錄**就此完成，至於吹頭髮，嗯～直接跳過，放棄。

就在我驕傲的打開浴室大門，要大步邁向小孩房的同時，開門的瞬間，我看見了一個小小的身影，面帶微笑站在了浴室門口！！！？？？

大公主：「把拔，你回家了！！耶！」劃破寧靜的早晨的一聲甜蜜又沈重的問候。

看著我最愛的女兒，無法說話的我，雜陳的五味從心底油然而生，突然好想哭，到底是哪一個環節出錯了，所有的動作都已經慢得有如《動物方程式》的樹獺了，為什麼還會……？用我有限的精力和腦力，想要找出答案，實在是徒勞無功，最後只好安慰自己，這一定是我的女兒和我心有靈犀吧！呵呵……呵呵……床、棉被、枕頭……再見了……

大公主：「把拔早安，我想喝奶奶！」一如往常的使喚著。

我（打起精神狀）：「好啊！我來泡，你先去躺好！」步履蹣跚。

▲拖著沈重的步伐，兩眼無神走進廚房，拿了奶瓶打開奶粉，邊恍神邊替自己做好無法睡覺的心理準備，甚至恍神到連奶粉都倒到了手上。

▲拿著奶瓶回房，看著精神奕奕的大女兒，以她的ＳＯＰ來說，喝完奶奶就是一天美好早晨的開端，也就是可以大玩特玩的一天，我靜靜躺在她的身邊：

我（溫柔也無力）：「菩，把拔剛剛班回來有點累，我可能要睡一下！」她用天真的表情看著我，沒有回答。

我：「你喝完奶奶可以再睡一下嗎？」她一樣用精神飽滿的雙眼皮丹鳳眼看著我，輕輕點點頭。

大公主（義正辭嚴）：「可是這樣誰陪我玩啊？」

我（心灰意冷）：「你讓我睡一下我就陪你玩囉，把拔晚一點還要上班，如果你不讓……我……睡……我就……」

▲說著說著，禁不起睡魔的誘惑，我睡著了。

不知道睡了多久，我突然醒來，看向正好面對我的時鐘，十點多，睡了沈沈的三個小時。靜靜聽著外面的聲音……咦？外面怎麼那麼安靜？小孩呢？正想起身去外面察看的時候，餘光瞄到了我的肩膀上有一隻小小的手，那隻手的位子，就是我平常半夜回到家，會替熟睡的她「大打」的肩膀位置。順著那隻小手往後看，大女兒也正睡著，突然間，我的眼眶紅了。大女兒懂了，她不僅沒有吵我，叫我起來陪她玩，甚至學大人的方式哄著我睡，一邊「大打」我，一邊自己又再次入睡了。

那個早晨的陽光，從窗簾的隙縫照在我的眼睛，那是一線溫暖的強光，我一動也不動，靜靜享受著被「大打」的幸福時光。

亮爸說亮話

　　孩子的學習和成長，有時候會在一瞬之間，不按牌理出牌的他們，有著自己的節奏和速度，有時候一回神，他甚至已經變成了你不熟悉的樣子。時時耳提面命孩子自己的人生觀，或許比不上身體力行的行動教育來得深刻。

Scene **5**

把拔被抓走了

往台中露營區的路，車程是三個
小時，將兩小安頓好在座位上，
馬上用行車藍芽播放公主歌曲，
即可讓蠢蠢欲動的她們，安靜坐
在座位上唱歌。但唱著唱著，有
人感到膩了～

場景	駛在高速公路的車上
人物	駕駛／我、副駕／太座、後座／大公主與小公主
時間	下午一點
天氣	詭譎的灰

出遠門，是孩子的最愛，
外面的世界既新鮮又廣大，永遠
有看不完的事物，交不完的朋
友。但是，開車出遠門對父母來
說，卻是一段壓力不小的挑戰。我們永遠期待著這幾個小時的
路段，孩子們突然神來一筆，乖到不要不要的，或者是期望她
們坐在車上，突然就成熟了起來，安穩如泰山。希望歸希望，
現實和幻想總是有所差別。每次上了車沒多久，就又要停在路
邊與兩人溝通，有時候是吵架，有時候卻是和樂的相親相愛過
了頭，一下妹妹全力以赴抱著姊姊說愛，一下姊姊離開座位熱
情如火親吻妹妹，但是這對於正在開車的老爸來說，是危險又
不能接受的。通常如果路段允許，我會冷冷說一句：「我現在
要在路邊停車了喔！」於是，兩人就會邊喊不要邊坐好，雖然
時間不長，但也還算好用。可是，也有不適用的時候……

大公主：「把拔，你《冰雪奇緣》已經放好多次了！」

我：「你妹要聽啊。」

大公主：「可是我想聽《海洋奇緣》」

小公主：「不行不行，我要 Elsa。」

我：「姊姊，反正都是奇緣嘛！加減聽一下！」不知哪來的共通點。

大公主：「把拔，你不公平，不是應該一人一次嗎？」精明！！

我：「呃……那聽完這一次就換……」換的人是副駕的太座。

　　▲就這樣，從《冰雪奇緣》到《海洋奇緣》再放《仙履奇緣》再來《魔髮奇緣》，公主奇緣系列放完，再把《小蘋果》和《五月天》放完，音樂治療的療程似乎即將結束，兩人已經快要坐不住。

我：「姊姊你在幹嘛，坐好，不然我要靠邊停車囉！」

大公主：「可是現在在高速公路好像不能停耶！」什麼時候知道的？

我：「那……那你坐好，不然警察杯杯看到會來找我們！」

小公主：「找我們幹嘛？」

我（理直氣壯）：「他會把我們的車子攔下來，然後叫把拔下車。」

大公主：「下車？然後呢？」

我：「然後我就會被警察抓走，你們就看不到我！」語帶哭腔。

小公主：「不要～～那就不能去玩了？」」誒！！這是重點嗎？

大公主毫不猶豫的說：「沒關係啦！那就馬麻開就好啦！」

頓時，副駕太座大笑並且語帶嘲諷：「你輸了！」

　　被兩個女兒視如司機，食之無味棄之可惜的我，就自己沈浸在委屈的氛圍當中一路向南，無語問蒼天。

亮爸說亮話

　　女兒反應很快固然是一件令人開心的事情，但是被當作可替代品的老爸，心裡的苦，真是啞巴吃黃蓮，說不出啊！
（最好以後讀書反應也這麼快。）

我們都曾讀過的〈背影〉

孩子對於父母來說是「一暝大一寸」，每天都有令人驚奇的成長小發現，當然每天都和孩子相處的父母，也是會偶爾忘記時間有在走的這個陷阱，等到猛一個回神，發現孩子比昨天多說了一句話，多按到了一格電梯，多收了一次玩具，才驚覺歲月神偷又來了。但有個鮮明的成長階段，不算是孩子給我們的提醒，而是神通廣大的幼兒園們和育兒教材業者們，不知道從哪兒要來的資訊，知道孩子已經到了就學的年紀，然後半年內就每兩天一通電話的噓寒問暖，讓我們都不得不面對大女兒要出社會這個事實。

場景	客廳
角色	我、太座、大公主
時間	晚上七點
天氣	悶悶的

這半年其實是興奮居多，很大的原因是替長期 cover 我們帶小孩而瘦了十幾公斤的奶奶慶幸；另一方面，也有一種孩子要走正途的感覺（平常是多歪），讓她開始接觸新的一切。

但是就在開學日的前一天，以上都無法形容我真正的心情。

全新的書包、全新的便當盒、全新的幼兒園運動服，在客廳的沙發上殘酷的攤開來，在在提醒我，隔天就是大女兒要上

幼兒園的日子。夫妻倆就像一對結婚七十年了的老夫老妻，互相對望，相對無語，但兩人都很清楚，那一點點藍色的氛圍是什麼。原本那還歷歷在目從護士小姐手上接過大女兒的畫面，為什麼在這個當下，染上了些許的陳舊的泛黃？甚至視線不時的模糊了起來。我看看沈默不語的太座，她也擺出一個看著泛黃照片，思念離鄉背井已久的女兒的表情。默默整理著書包的大女兒，平地一聲雷地大喊著：「耶～～～明天要上課！」（ㄟ！沒看到爸媽兩人在哀傷嗎！？）「把拔馬麻，你們動作好慢喔！我來啦！」（懂什麼，大人在沈澱啦，小屁孩。）

我：「小菩，你期待上學嗎？」不自覺用大人的詞彙問了。

大公主：「期待是什麼？」

我：「呃……期待就是，你的內心有一個，呃……希望的事情，然後你的心情就會一直想著那件事……哎呦……就是想不想上學啦。」真的有點難解釋！

大公主（大聲的）：「想！！」沒有一絲猶豫。

我：「但是你會不會害怕啊？」

大公主：「不會啊！有什麼好怕的？」

我：「沒有啊！問一下而已啦！剛進學校會有一些陌生人你真的不怕？」

大公主：「你說的是同學和老師嗎？為什麼怕他們？你不是說要交朋友嗎？」記得真清楚……

我：「對啊！你不怕就太好了～」失落～

秒針催促著分針，分針追趕著時針，彼此來來回回，也到了要面對現實的睡覺時間，今天的大女兒自動自發到令人難以無視她的成長。

場景	主臥室床上
角色	我、太座
時間	半夜一點開始……
天氣	更悶了……

兩個徹夜未眠整晚不停喝著紅酒互吐心意的夫妻（上一次有這種畫面，好像是正在交往熱戀的時候），像是隔天要送女兒去留學兩年一樣徹夜難眠，一方面是腦補著女兒不適應而且大哭的畫面，如果真的發生了，我們會不會心腸一軟，就下車將她抱回家？又或者是女兒就這樣開朗好奇不已，說聲再見就毫無遲疑走進教室，那被留下的我們又該如何自處？

兵棋推演了好久，夫妻倆從大女兒出生的畫面，聊到了去花蓮探班拍戲的三個月大，細數一切她成長的過程，忘了時間還在走，也忘了隔天還要上班，聊著聊著，鬧鐘就這樣無情響起，我們親耳聽見，大女兒用彈跳的方式下了床，衝出房門，去廁所刷牙洗臉，一刻不懈怠，然後衝進我的房門，叫我起床，再自行衝回房間，穿好衣服背上背包，在門口用一百瓦期待的眼神，看著慢條斯理的我。

大公主：「把拔！快點～要遲到了啦！」人生還那麼長，遲到一次沒關係啦……

這時的我，確定孩子真的長大了，有一種突然跳了一大步離我越來越遙遠的感覺。

開著車到了幼兒園，老師面帶暖陽般的笑容，很盡責的幫忙開了車門。小菩下了車，看著老師伸出的手，起初有一點猶豫，但隨著老師耐心的引導，姊姊牽住了老師的手（老師還滿正的！……大誤！），頓時，我的心像是空了一半，是那種會

有回音的空盪盪！

老師：「和把拔說掰掰吧！」

　　大女兒從覺得陌生到轉身微笑說再見，不過短短的十秒鐘，對我來說，卻像一場馬拉松般遙遠。那個瞬間，我讀不出她是開心還是害怕甚至是退縮，我只是靜靜遙望著她漸漸離去，「熊熊」想起了朱自清〈背影〉，我忍不住紅了眼眶，呼……好煎熬的 24 小時，但最終還是得面對現實，只好默默回去邊哭邊補眠了。

亮爸說亮話

　　被孩子追老真的是其來有自，從原本孑然一身的單身漢，擁有自己所有時間的主控權，隨時可以為自己畫上或是抹去某些時間的記憶。一旦有了孩子，人生的地圖和時間的註解，就不得不圍繞在孩子身上。突然間，毫無心理準備的情況下，就會被孩子的成長狠狠擺了一道。

你還是個小小孩彷彿只是昨天的事。

Scene 7

公主點名的第一個男孩兒

有一天，剛好回家時間趕上了大女兒下課的時間，於是我就驅車載她回家，回家的短短路程中，她很開心的分享當日上課的細節，突然間話鋒一轉，開始聊起了班上同學的事情。

場景	樓下停車場
角色	我、大公主、校車
時間	四點多
天氣	春雷不絕於耳

經歷了看著自己女兒很獨立，背著書包牽著老師離開的「背影事件」，大人也慢慢學會成長，慢慢習慣孩子會離開自己的事實（寫著寫著又悲從中來）。但是，即便你以為自己做了很好的心理準備來面對，總是又會一次又一次，發現不在自己 schedule 裡面的插曲，接踵而來⋯⋯

大公主：「把拔，我和你說喔，我們班上的人的座號和姓名，我都記得起來耶。」

我：「喔！？那麼棒」很驕傲自己女兒的記性很好。

大公主：「尤其是我最記得的是 3 號的 ○○×。」尤其？用尤其？才去學校多久就會用尤其！？一定有鬼。

我（口氣平穩）：「為什麼特別記得他呢？他常常跟你玩？」

大公主：「他才不會跟我玩咧，他們都玩男生的遊戲。」語帶失落？

我：「那你怎麼會特別記得他？」

大公主：「啊他，就帥帥的啊！」

▲剎那間，青天霹靂，一道閃電直直劈在我頭上，我的耳朵嗡嗡作響。ＯＳ腦中不斷迴盪：「他帥帥的啊……他帥帥的啊……他他他……帥帥帥帥帥……的的……啊啊啊啊啊～」

▲不要說我太誇張，只要是有女兒的父親，第一次從自己的女兒口中，聽到其他男孩子的事情，小則心一揪，大則心絞痛，不要騙我你們不會，只是沒有機會說出來，或是礙於面子不敢表達……

我（餘音繚繞）：「你說那個……滿帥的……叫什麼名字！？」聲音發抖。

大公主：「○○×啊！」開心！

我：「喔～～～～○○×啊！好喔～～他怎麼個帥法呢～～～～」拉長音～

大公主：「就……會幫我拿東西啊！」這個停頓是因為害羞嗎？

獻殷勤？獻殷勤？獻殷勤？

我：「好喔～～那改天～～把拔去看看～～～他！是！誰！喔～～」清楚明白。

▲後來有一天我又剛好在大女兒下課的時間回家，心想此時不深入敵營探知敵情更待何時？特地停好車，直接殺上中班教室，終於有機會一探究竟那位「帥帥 der ○○×」的真面目。

▲女兒看到我，一如往常興奮的抱上來，但我就像斥侯兵一樣，東張西望刺探著敵情。

我：「妹妹，你上次說的○○×是哪位啊～～～～」

大公主：「就在那裡啊！」手一指。

我（定睛一看）：「喔～～～」

▲我的眼前映入了一位白皙可愛的小男孩，稍稍大頭了一點，但是氣質不錯，笑容可掬，似乎是個好人選。

突然間我的腦袋有個聲音：「你！是！白！痴！嗎！？！？！」

是的，我是白痴，我竟然在一個幼兒園中班挑起了女婿，對我四歲女兒的童言童語認真了起來，甚至還暗自品頭論足。這一切……一定都是我的**腦袋業障重**……

 亮爸說亮話

當局者迷這句話，沒想到竟然可以用在老爸對待女兒的狀況上，孩子的童言童語總似無心插柳，卻被大人有心看成了甜膩的柳橙汁，回過神來，自己去撞個牆清醒之後，只有一個解答：認真就輸了……

Scene **8**

公主指認的第一個男孩兒居所

有一天因為晚上有工作，無法在家陪伴，所以只好先將孩子送去就近的奶奶家。

開車的途中，大女兒開口了。

場景	車上 / 日常接送街道
人物	我、大公主、不知名的男主角
時間	下午四點多
天氣	由晴轉陰

幼兒園的同學們，簡單來說，住的地方都是鄰近幼兒園的腹地，以前還不知道這個道理，小的時候總覺得，全世界只有我自己讀的那間幼兒園，別無分號。現在才知道，光是一個里就有三四家的幼兒園，搶生意搶得兇。

對於接送小孩這件事情我很重視，但是因為工作時間不固定，所以我們選擇了早上自己送學校，下午娃娃車送回來的選項。也因此，娃娃車會因應小朋友們住的地方，擬出一個最方便的送小孩地圖。

大公主：「這是 ××○ 的家耶」面帶愉悅。

我：「咦？他是誰？」試探的口氣。

大公主：「就是我們班上的一個男生啊。」不加思索。

▲突然間老爸的雷達開 turbo，開到足以偵測外星人的強度。

我：「喔～～～～你怎麼會知道～～～～」刻意掩飾的拉長音。

大公主：「你很笨捏！因為校車來到這裡然後就會停下來，他的媽媽就會把他接走啊。」為了別的男生嗆我笨！？吃了熊心豹子膽了！

我：「對吼～～」雷達打開的父親智商會降低是真的。

大公主：「而且他演我們班的男主角。」眼睛似乎有光芒。

我：「男主角嗎？那上次你說帥的那個 ○○× 演什麼？」

大公主：「嗯……好像是演他的朋友吧！我下次可以來他家玩嗎？」什麼！？這個話題跳得太令老爸我心臟病發了。

我：「喔～～～～呵呵～～這個～～再說吧。奶奶來接你了，掰掰。」

　　送完大女兒，要去工作的路上，再次經過了 ××○ 那小子的家，我還特地停在他家的門口幾分鐘，仔細端詳了那個看似寧靜的社區：「小子，我記住你了！」就在管理員覺得有些許可疑，要上前盤查之前，我就離開了，突然間，覺得自己很像是電影情節中，每天跟蹤小孩回家的「怪鼠叔」……

　　雖然不會真的變成歹徒，但是也不要覺得這樣的行為，太過於誇張，有時候老爸要承認，女兒直白的每一句話，都有可能造成自己心情和思緒上的波瀾，不要跟我說：「有這麼嚴重嗎？」哼哼，就是有這麼嚴重。看來得和開娃娃車的叔叔裝熟拿到地圖，然後一個一個把「帥哥」都給他 MARK 起來。（邪惡握拳狀）

Act. 5

變身老爸

姓名：
題目：
日期：

Scene **1**

真假老爸？

因為和兩女相處久了，看到的景象也多了，有一天奶奶語重心長打了電話給我……

場景	拍戲現場／家
人物	我、奶奶、大公主
時間	晚上九點
天氣	溼冷

　　大女兒三歲多快四歲，小女兒一歲，這時的我，又再次經歷了沒日沒夜的八點檔時光，睡眠的時間相較於只有一個女兒的時候，不要說少一半，再少三分之一是絕對不誇張的，所以一逮到機會，絕對是大睡特睡一番。先前說過的女兒「大打」我睡覺的畫面，也逐漸泛黃，因為有了小女兒之後，大女兒早就淡忘了那段僅屬於我倆的幸福魔幻時刻，整天就只想著逗妹妹開心（這是小女兒尚無縛雞之力，大女兒疼她入骨的時光），而且動不動就是全力以赴，手舞足蹈，大聲歡唱，一心只想博得伊人（她妹）一笑。相較於大女兒有媽媽在身邊半年的時光，這次小女兒只擁有媽媽不到四個月，媽媽就又回到了職場，這個時候，孩子的奶奶就有如救世主降臨般重要；也因此，這一段水深火熱的拍戲時光，也奠定了奶奶在小女兒心目中，無法撼動的地位。當然，也再次奠定了我媽在我心目中，救命之恩（本來已經是生育之恩了）的地位。

奶奶：「你在忙嗎？」聽得出來有一點竊笑。

我：「還好啊！正在等戲！」

奶奶：「今天幾點回來？」

我：「還不知道耶！」

奶奶（帶著笑意）：「剛剛八點多的時候你有出來了。」^{（註7）}

我：「喔！好，那九點後再幫我看一下。」^{（註8）}

★註7：孩子的奶奶會這麼說，是因為八點檔的酬勞是論集計酬，奶奶在帶小孩之餘，
　　　順便擔任了計分員的角色，記下每天的集數，所以習慣說：「今天你有出
　　　來了。」

★註8：八點檔計酬的方式，除了集數之外，還切成了九點前和九點後兩個時段，
　　　兩個時段都出現才算一集，反之，只有半集，以此類推。

奶奶：「可是剛剛你大女兒叫『某某某』把拔耶！」難掩的笑
意從語氣中洩露。

我：「真的假的？！應該是剛剛好吧！？」不可置信。

奶奶：「可是剛剛『某某某』出來好幾次她都有叫耶！」

我（無言以對）：「那……那你要跟她說不是啊！」

奶奶（事不關己）：「我有說啦！好啦～跟你說一下而已，快
去拍戲！」

　　　▲掛掉了電話，我沈默了，雖不得已，卻又無可奈何，但
最殘忍的還不是這個。

好不容易，有一天在比較正常的時間收工了，聽著悅耳的收工聲音，心想終於可以有長一點的時間陪陪她們，於是我電光火石間收好了背包，飛也似的回到了家，興高采烈打開了家門。

場景	家
人物	我、奶奶、大公主、小公主
時間	幾天後的晚上八點多
天氣	陰鬱

我（俏皮的揚起語氣）：「是誰～～～回來了啊！？」

奶奶和大公主：「…………」緊盯著電視。

▲隨著祖孫倆的視線看向電視，發現正好播著我的大特寫畫面，難怪兩人目不轉睛。

我（稍微大聲的）：「哈～～囉～～真的把拔回來了喔！」

▲這時大女兒緩緩的轉過頭看著我，然後輕描淡寫的說了一句：「把拔你回來了喔？」然後又再轉頭看向電視的我。

我：「真的把拔在這裡啦！你幹嘛看電視裡面的！？」

大公主（神來一筆）：「可是假的比較帥啊！」孩子的純真就是直白。

▲咻～正中紅心，一把箭不偏不倚射中了我的心臟，十分！！

沒想到帶著如此愉悅的、滿滿的父愛要與女兒們相處的我，遭受了如此的奇恥大辱，不能生氣也無從生氣起，我默默的，沮喪的進了房間，面壁思過。

亮爸說亮話

　　一切都是為了養家活口，我也是千百個不願意，我想孩子們以後一定會了解的！（淚奔～～）

Scene 2

怒氣的新極限

場景	某餐廳
人物	我、大公主兩歲半、三五好友
時間	食不下嚥的晚餐時間
天氣	悶……

這是一個有點煎熬的夜晚，一群久未謀面的老同學們，特地抽空安排的聚會，在這樣的聚會中，大家總是會帶著一些新鮮，甚至些許比較的心態參與。想看看老同學們，在自己心目中的印象與見面的當下是「哇！你都沒變耶！」或者是「你看起來都差不多嘛！」不然就是「你哪位……」。但是有了小孩之後佛心來的，也因為不自覺，把重心慢慢轉移到小孩的身上，所以這樣的嘴賤話會逐漸偏少（有可能是為了積陰德），也不太會去在意別人的優缺點，對於人生豁達的程度，算是到了另外一個境界，可是沒有想到越來越豁達的人生，卻在這次老同學們的聚會之中破了功……

　　當一個好好先生 37 年了，我身邊的人，基本上沒有看過我生氣，真的有看過我生氣的人，至今大概差不多十個以內，扣掉家人大概剩下五個。常常有人說我沒有脾氣，講難聽一點就是沒有原則，但反正不管人家怎麼說，我還是會保有自己的原則與個性：與人為善。

但是自從女兒出生之後，開始意識到多了好多的情緒反應，尤其是對於別人品頭論足我女兒的用字遣詞，總會洗耳恭聽，錙銖必較，並且不自覺帶著一種敵意，這種狀態的嚴重程度以及敏銳程度，遠遠超越別人批評我自己的範圍。

同學 A：「小菩好可愛，好愛笑喔！」你也一樣美麗啊。（內心潛台詞）

我（心懷感激）：「謝謝！她是真的滿愛笑的。」老爸開始起飛。

同學 B：「小菩皮膚也太白了吧！一看就不是像爸爸。」雖然是吐槽，但我甘之如飴。

我（害羞豁達）：「還好不像我啊！不然她媽會崩潰。」自己加碼。

同學 C：「小菩，阿姨抱一下好嗎？」太識貨了！

大公主（愣了一下）：「好啊。」

同學 C、D、E：「啊～～好可愛！我也要抱，等一下換我！」對～就是這樣，尖叫就對了！老爸已經飛在了半空中。

　　▲ 就在我沾沾自喜，沈浸在比自己被尖叫還要過癮的氛圍當中時，有一個公認當初最白目的同學 G 說話了。

白目同學G：「眼睛細細的好像你喔。以後怎麼辦？」！？！？這什麼鬼？

我（微慍但面帶微笑）：「不會啦！她的眼睛比較大，算是古典的那種。」

白目同學G：「你是說外國人最愛的那種喔？」你不要以為我不知道在說哪種。

我（忍！嘴角抽動）：「應該沒辦法變得那～～麼『古典』啦！」

白目同學Ｇ再度白目：「小菩幾歲啊？」面帶戲謔的微笑。

我（警戒中）：「兩歲半。」

白目同學Ｇ：「真的假的，也太大隻了吧！以後要打中鋒嗎？應該很適合喔！」

我（即將爆氣）：「以後就會抽高了好不好，懂什麼你！」情緒已滿如瓦斯漏氣般，從言語隙縫滲出。

▲這個時候，大女兒被一群善心且永遠美麗的女同學們剛送回座位，正要坐上小孩椅。

白目同學Ｇ：「小菩，給我抱一下吧！」

大公主：「我……」來不及回答就已經被強行抱走。

白目同學Ｇ：「喔呦～～好重喔！吼吼～有潛力喔！」壓垮駱駝的稻草。

大公主：「不要～我不要～把拔抱。」求救！果然小孩都是能辨是非。

白目同學Ｇ：「好好～不抱就不抱，反正叔叔我喜歡抱可愛的小孩！」

▲此話一出……一陣靜默……現場所有人面面相覷，我只感覺我腦袋突然閃過了好多致命武器的畫面，最後一個，是手榴彈的插銷被拉開「噹～～～～」清脆響亮的一聲，沒有別的雜音，接下來就是響亮的爆炸聲響。

我：「你他Ｘ的白痴喔！有病嗎？講話有需要這樣跟大便一樣臭嗎？你都吃什麼長大的。」情緒已經一發不可收拾。

白目同學Ｇ（俗辣解釋）：「哎呦～開玩笑的嘛！小孩又聽不懂，這麼久沒見怎麼脾氣變那麼……」

我（爆氣狀態）：「那麼怎樣！？那麼久沒見你還不是那麼白目，北七！」

　　顧不得孩子在旁邊，我已經醜話一一飆出，髒話則因為還保有一點理智，留在喉頭沒有衝出來。罵完之後，抱著小孩我逕自離開了現場，離開之後還怕孩子肚子餓，隨意找了一間麵攤充飢，點了一整桌以消我心頭之氣，自始至終，大女兒渾然不知她老爸到底搞什麼鬼。不知道也好。

　　從此之後，那位白目同學 G 我就再也沒見過！其他老同學似乎也不和他聯絡許久，渺無音訊，其來有自。

　　雖然當下極度憤怒，但是久未點燃怒火的我，那一次好像就是將一肚子積累已久的瓦斯，統統一把火爆發了出來，內心所有的鬱悶一燒殆盡，心情真是愉悅。當然也託我大女兒的福，讓我發現了自己新的底線，**為了孩子而武裝起來的極限！**

 亮爸說亮話

　　不管是自己有了孩子，還是看見別人的孩子，文字造詣這一塊一定要精進，並且慎選用詞；即便是再好的朋友，形容對方的孩子措詞遣字也要極度小心，小則傷感情，大則出人命。（白目的就去旁邊玩沙吧！）

Scene 3

夜晚叫爸聲，心酸知多少

場景	主臥房／小孩房
人物	我、太座、大公主、小公主
時間	晚間十點睡覺時間
天氣	適合抱在一起取暖的冬夜

爸爸這個角色，我個人覺得它像是一個公司的名稱，公司之下還有很多的部門和職稱，如果大家有看過公司人事組織表就知道，「爸爸」這間公司下面，樹狀輻射出去了很多不同的功能和部門，所以身為老爸並不單純只是老爸，這一篇要講的也是本公司最大的部門「工具人部」。

夜深了，入睡的時候到了！通常，不，幾乎，只要是到了這個時刻，兩小必定變身成無尾熊，巴在媽媽這棵尤加利樹上。當然，其實母女三人睡在一起甜蜜的畫面，總是會有點浪漫的粉紅和柔焦，是一個非常舒服的畫面，我當然也就不那麼心酸（其實是獨自睡小孩房比較舒服）。

但是，你以為默默關上門，走到隔壁房，就能享受一個人的時光嗎？錯！

當我一人獨占一張大床，準備沈沈睡去，總會不時聽到隔壁大喊。

小公主：「把拔我要喝奶奶！！！！」

我（氣若游絲）：「媽媽咧？不是在旁邊？」媽媽沒回。

小公主：「我要你幫我泡！」超級理直氣壯。

我：「我泡的有比較好喝嗎？」自己挖了個坑給自己跳。

小公主：「對啊～」不假思索。

於是我被一個兩歲多的小孩堵了一口氣，悶悶的站起來，往奶粉區出發，出了小孩房門望向主臥房，隱隱約約看見太座尚未闔上的雙眼看著我，甜美的說：「謝謝把拔！」

小隻的完全忽略躺在她旁邊的母后（說不定是她指使的），直接透過兩扇門一個長廊的距離命令我，完全沒有在管我的想法。

泡完奶奶塞進了小女兒的嘴裡，她心滿意足的看著我，眼神帶著勝利的感謝，然後含著奶瓶說了聲：「借借嘎嘎（謝謝把拔）。」

事情還沒結束，獨自享受一張大床的時光總是難以到來，就在又要入睡之際，我隱約聽見了東西掉落的聲音，這時我聽得見自己的心跳，「不要，不要，拜託不要。」心情像是在等待死刑犯被法官拍板定罪的緊張，時間過得好慢……好慢。

但是該來的總是要來。

小公主：「把拔！嘴嘴掉了！」皇上的口氣。

我：「馬麻ㄌ……」那個咧還沒說出口。

小公主：「馬麻睡著了～～～」我也睡著了啊！

大公主：「把拔我的香香被好像在客廳。」連你也來參一腳！？

這以上對下頤指氣使的大呼叫，就在寧靜的木柵山區迴盪著，那一晚，小隻的設下了一個遊戲規則，一直到現在，仍然不成文的在家中的空氣裡飄蕩著。

「把拔！阿巾掉了～」（她的隨身小毛巾）「把拔我要喝水。」、「把拔，我尿尿了。」、「把拔！姊姊要喝水。」就這樣，兩小一來一往的呼喊，成就了我上床下床，主臥客房奔波的「**準就寢**」人生。

亮爸說亮話

雖然很多次都想要當作沒有聽到，蒙混過關，可是女兒們命令老爸的耐心，永遠比老爸裝傻的耐心強。但其實老爸我是為了不讓山區的寧靜被破壞，所以才聽命行事，要不然，身為一個男子漢，是不會鳥你們的。哼！

Scene **4**

衣架做朋友

又是一個難熬的夜晚,高歌不斷的兩小,在晚上十點多,持續叫喚著愛紗和安娜,在這個育兒資訊多元甚至是過剩的年代,身為父母一定都很用功,研讀每一個所謂的過來人或是專家的分享文章,當然,其中有一篇是「不要用打罵的方式強迫教育」,很～～好,我閱讀完了這篇文章,心裡默默下了一個要和孩子講道理的決心,不到最後關頭絕不出手,但最後關頭總是隨時到來……

場景	小孩房
人物	不睡的大小公主、精神耗弱的太座、崩潰的我
時間	晚上十點五十分
天氣	大雷雨

其實我很害怕夜晚的到來,並不是我怕黑,也不是怕一天的結束,我只是**怕小孩不睡覺**。

當姊姊四歲、妹妹一歲半之後,我們家就算寢室熄燈,也只是關閉了白天的戰場,開啟了另外一場夜戰。尖叫、跳耀、追逐、打鬧,然後繼續尖叫、追逐、打鬧……無間地獄般的輪迴,不停上演,並且越演越烈。我們所住的山區,呈現一個「迴音繚繞三日不絕於耳」的熱鬧,越夜越美麗,一發不可收拾。

然後父母兩人就會開始用一種「老伴兒啊～明天吃素啊～」

的老夫老妻狀態，開始緬懷小女兒還只能待在嬰兒床上，天真微笑、手無縛雞之力的小嬰兒狀態，然後姊姊尚未感受到妹妹強力抵抗，還能溫柔又體貼的照顧妹妹、逗哄妹妹的時光，因為，時間真的是殘忍的一去不復返了。

悼念完我們已經泛黃的回憶之後（其實也才一年多前），被無情的尖叫聲拉回現實，被我刻意調成昏黃以便兩小入睡的的燈光，很無力的在天花板努力昏暗著，但看著即將精神耗弱的孩子的媽，我也差不多要呈現崩潰的狀態，這個時候就必須請出**「家法」**伺候了。

所以我拿出了**臥房隨手可得的七大武器之首：衣！架！**

想當年，哈！不要說追打，我們可是被衣架「追殺」著長大的，現在只是追打而已，真的只能說時代不一樣，一代不如一代啊。每當兩個人都跟衣架做過親密的接觸之後，雖然有短暫的大哭，但沒多久就陷入了沈沈的寧靜，整個山區的人們都得救了！

大公主（在床上跳）：「Let it go～Let it go～」在床上不停旋轉跳躍閉著眼。

小公主（在床上跳）：「snow man～～」跳躍的同時還踩到陪睡的媽媽。

太座（暴怒）：「你們要不要睡！！！」山區迴盪著回音。

▲ 在媽媽瞬間爆怒的當下，兩小裝乖躺了下來，在隔壁房間的我壓抑了怒氣，仍然想著網路文章分享的「用道理說服孩子」，於是我忍了下來！

大公主（又發難）：「馬麻，講個故事吧！」

小公主（讚聲）：「耶～～～故事～～」高分貝尖叫。

太座：「不要！！我要睡覺～我今天班很累！」沒步了。

大公主（白目的）：「那我來說給你聽。」

小公主（捧場的）：「姊姊說故事～～」

太座（默默的）：「晚安～」

大公主：「從前從前有一個白雪公主，她吃了蘋果之後，就死掉了！講完了！」極短篇？

小公主（超級捧場）：「耶～～好好聽！！」妹妹你是姊姊請來的臨演嗎你？

大公主（興致勃勃）「從前從前有一個愛紗和安娜，她們是相親相愛的姊妹，結束了！」秒讀懂《冰雪奇緣》？

小公主：「耶～～～姊妹～～」媽呀，你是有領錢的應援團嗎？

太座：「不要吵啦～我要叫把拔來了喔！」召喚咒語又來了。

大公主：「妹妹我們來做朋友吧！」

小公主：「好啊～你好！我叫小緹～」

　　莫名其妙在夜晚十一點多做起了朋友，我眼看著時間一分一秒過去，擔心孩子不睡覺，以及擔心自己的時間不夠，兩種心情夾雜拉扯，心情也越發鬱悶，但是壓垮駱駝的最後一根稻草，是孩子的媽大叫：「陳亮哲！你在幹嘛啦！過來管一下好不好。」通常被這種命令的口氣指使時，我的情緒就會高漲，再加上前面的累積，顧不得什麼網路育兒達人還是什麼兒童醫師的勸戒，立馬起身衝進了小孩房。

我（大吼）：「你們要不要睡覺。」自己也聽到了回音，然後順手拿了手邊的衣架，作勢要處罰，「交什麼朋友，**要不要和我手上的衣架做朋友？**」

大公主（一秒躺平閉眼）：「不要！我睡著了！」俗仔。

小公主（把頭鑽進媽媽腋下）：「不要！我也睡著了！」也是俗仔。

　　然後兩小還真的就這樣躲進被窩之後，進入了夢鄉。從此之後「衣架做朋友」就成了一句咒語，而衣架，就順理成章的變成了我們的「**家！法！**」。

亮爸說亮話

　　無法遵照各位前輩和達人的指示，耐心「講道理」，我還是忍不住出手了，我也知道這樣的恐嚇不好，但能做到專家說的著實不容易，我想我道行還不夠深，尚在半路上。但是真的不能否認，衣架真是隨手可得的七大武器之一，父母的居家好友，小孩乖乖睡的最佳良伴啊！

家法～

　　有一天當我正在哄睡時，電話響起，掛完電話之後……

小公主（賊頭賊腦）：「把拔，誰打電話來啊？是馬麻嗎？」

我：「不是啊！是我朋友。」

小公主：「喔～～是衣架嗎？」……擺出嗆人的表情。

我（沈默一會兒）：「對啊！他姓王，叫做王衣架。」

小公主：「真的嗎？」驚恐狀。

我：「對啊！他說他最喜歡和不睡覺的小孩做朋友，你有興趣嗎？」

小公主：「不要不要不要不要不要～～～～～」瞬間秒睡。

　　亮：2 勝 48 負。

　　小公主：第 2 敗。

 亮爸說亮話

　　所以說，擬人法著實是一個好用的方法，有趣又有效果，也不會帶有太多負面詞彙或情緒，敬請多加利用。衣架就是父母可裡可外的好夥伴！

Scene 5

一波未平一波又起的夜晚

場景｜客廳連小孩房
人物｜我、大公主、小公主
時間｜該睡覺的十點多
天氣｜陰冷

又是一個不成眠的夜晚，今晚衣架仍然蓄勢待發，在衣櫃裡面熱著身，等著我隨時去拿起它來個「人架合一」，但是礙於隔天適逢假日，全家要開開心心出遊，所以我將自己的忍耐度適度調升了一點，讓這個不平靜的夜晚不顯得緊張而是興奮開心。

孩子，真的是勁量鹼性電池，一個孩子是一顆鹼性電池，二個孩子加在一起就是一打，精力怎麼樣都用不完！我聽說男孩子更誇張，我自己這兩個差距不到三歲的女娃兒已經讓我常常青筋暴露，所以我真的無法想像有男孩子在家的情形，在此我向我的友人（有三個男孩兒陽氣十足的張太太）致上最高的敬意。

眼看著時針跨過了十點，對我來說，那是一個睡眠的時間轉捩點，不時耳提面命著上床睡覺，但是大小公主正在用大賣場的紙箱，玩什麼機場塔台遊戲，玩得不亦樂乎。好吧，難得看兩個公主和平相處，微笑以對的畫面，多看一點總是好的。悄悄的，時針即將跨過十一點，神經又比剛才更緊繃了，看著四散各地的露營用具，還沒準備好的生鮮用品，還有一堆亂七八糟雜亂無章的物品，心情開始「啊哑」，耐心指數即將進入紅

色警戒。當然，如服務業的職業訓練一般，其實父母在很多ＦＢ或者是書籍的教導之下，都學會了不要用苛刻的口氣和言語，第一時間指責小孩，要有耐心，要了解孩子為什麼會變成這樣？要一而再再而三的循循善誘，讓他們心甘情願上床睡覺。是的，一開始我也是很有做父母的職業道德的，微笑的表情和充滿耐心的口氣，一次又一次表達，不厭其煩的引導提醒著孩子，晚睡會長不高，早上起床上課會沒有精神之類的，但是……根本沒有人鳥我嘛！

我：「姊姊，十點半了耶，你之前不是答應最晚十點就要躺平嗎？」和諧……

大公主：「再等我一下，我快要降落了！」你可以趕快降落去床上嗎？

我：「妹妹，你有沒有乖？」

小公主：「有啊！」

我：「有乖就快去睡覺才能長高！」

小公主：「哎呦～快了啦！」一種很流裡流氣的方式回答。

我：「所以你們是不想睡想要我陪你們熬夜嗎？」

大公主：「沒有啊！但是把拔你不是說要發揮創意，要專心創作，現在不能停啦！」嘿對，這個時候就很致力於創作，不能早一點嗎？

小公主：「對啦！拔～～不要打擾我們！？」青筋已爆露。

　　▲奇怪耶，小孩子是魚的記憶力嗎？已經不下十次用「衣架做朋友」這個大絕招，提醒她們睡覺時間，也有過被我脅迫到哭著入睡的經驗，為什麼每次都又一而再再而三，重複這種無限輪迴的戲碼，書上說的、ＦＢ上分享的頭頭是道的那些人，

真的都是佛心來的，或是從小吃素念經到大，所以可以不動怒不口出惡言嗎？

我！不！信。

就在我躁動兼不解的當下，說時遲那時快，兩女竟然換好了禮服和高跟鞋，一個 Elsa、一個白雪公主，還給我煞有其事踏著高跟鞋走起秀來。「噠噠噠噠，卡卡卡卡，叩叩叩叩⋯⋯」心裡突然一陣斷線的ＯＳ：「啊～～～～受不鳥啦～～～」於是本來下定決心，今晚不拿衣架的自己，仍然受不了衣架的召喚，將它拿了起來，又展現了一晚的「**人架合一**」！

亮爸說亮話

臨床實驗發現，通常是媽媽早下班回家的時候，會發生這種失控的慘狀，媽媽不在的時候，我一個人押兩個人睡之後，時間還夠我來一杯小酒享受一下夜晚，所以，媽媽你還是不要⋯⋯（以下請自行發想）

Scene **6**

拒絕？妥協？

　　拒絕，是老爸最不會對女兒做的事情，於是她們便會開始予取予求。學著拒絕孩子，是一門功課，否則就會讓她們肆無忌憚，用哭鬧來換取想要卻不是需要的東西。隨著孩子的成長，身為老爸的我也成長了，要說彼此之間的甜蜜時光，當然不勝枚舉，但是諜對諜的心理戰也沒少過。拒絕是一門學問，不能只是說「不要」或者是「不行」，在每個否定的過程當中，都要講出一番大道理來賦與教學的意義。但是，我不是莊子也不是孔子，我沒有辦法把人生看得這麼透澈，所以常常會被反制，雖然不至於老羞成怒，但也多次被「嗆」得無地自容，以下就是關於「要求」和「拒絕」的課題。

PART.1 大女兒

　　開著 25 度舒眠的溫度，兩歲多的小菩在軟綿綿的床墊上昏昏欲睡，但是睡前仍不忘命令老爸。

大公主：「把拔，我想要喝奶奶！」

我：「你沒有說請。」乘機教學中。

大公主：「請～～～～ㄋㄟㄋㄟ～」

　　▲刻意拉長音帶著嗆人的無奈情緒，我

場景	小孩房
人物	我、兩歲多大公主
時間	午後午睡時間
天氣	昏沈陰鬱

都覺得兩歲多的她，是不是在給我翻白眼？！泡完奶奶通常就是準備收工（意指要睡著進入夢鄉的意思，戲劇專業術語）的時候。離開了小孩房，輕輕關上了房門，原本以為清幽的午後即將到來，坐上電腦桌準備處理公事，電腦才傳來開機的聲音，指令又來了。

大公主：「把拔，我的嘴嘴，幫我拿一下。」

我：「你沒有說請～」

大公主：「請～～～拿～嘴嘴～」聽起來想睡並且有點生氣，獅子座，不意外。

我：「可是我在忙喔～你可不可以自己去拿？應該在客廳。」

大公主：「我要睡覺了～你幫我拿～～～」隨著每個字句越來越大聲，最後一個字毫不掩飾吼了出來，嗯……確實是怒了。

我：「為什麼每次都要我拿，我不是說過大人在忙，就要先等一下嗎？」

大公主：「因為……因為……」時間靜止了……………………
…………………………………………………………………………………………
…………………………………………………………………………………………
…………………………………………………………………………………………
…………………………………………………………………………………………

「因為我是，你！的！寶！貝！」

我（語塞）：「……喔……好啦……」乖……乖……der……

　　▲耳邊傳來了「噹噹」，拳擊比賽結束的聲響，小菩技高一籌，獲勝。我帶著輸得心服口服的情緒，順便連她的小被子也一併拿了進去。

大公主：「哇～是香香被耶！把拔好聰明，棒棒！」到底誰是

小孩？

我：「沒什麼啦！」認真驕傲的 loser。

PART.2 小女兒

　　脾氣暴烈的小女兒，常常叫人如叫狗，相較於姊姊的溫柔請託，她的命令常常惹怒我，所以我個人比較好拒絕她，但是盧功一流的她，又會一哭二鬧三尿尿，真的很難搞，也因為習慣鬧脾氣，如果偶爾反過來用撒嬌的方式，加上那柔情似水的長睫毛水汪汪大眼，還真的是攻無不克，戰無不勝。

　　小女兒的吃飯時間是奶奶最痛苦的時間，因為相對於大女兒會乖乖吃飯，小女兒總是視食物如無物，不吃東西的程度根本已

場景	奶奶家
人物	我、小女兒、奶奶
時間	午餐時間
天氣	炎熱易怒的大太陽

經到達可以「做仙」的地步，奶奶每天絞盡腦汁讓她「進食」，也訓練、精進了奶奶的創意料理，但是我就沒那麼好說話了。

我：「妹妹，吃飯了！不要跑！」

小公主：「好啊！等我一下！」聲音從遠處傳來。

我：「妹妹，吃飯要有規矩，不然時間過了我們就收囉！」

小公主：「喔好！等一下喔！」根本沒在鳥我。

我：「妹妹～～～～～」

小公主：「你來找我啊！找到我我就吃飯了～」

　　▲於是乎我中計了，加入了她要玩躲貓貓的戲碼，在孩子

的奶奶家，上上下下的尋找她，好不容易被我在衣櫃找到，此時我已經汗流浹背，怒意冉冉上升。抱起了妹妹將她放上了餐椅。

我：「妹妹，姊姊都會自己吃，你也可以嗎？」

小公主：「可以啊！」然後無動於衷看著我。

我：「那你快吃吧，我陪你一起吃！」明明已經吃過一頓了，唉⋯⋯廚餘回收桶機制開啟。

小公主：「你餵我！！」命令句。

我：「我不要，姊姊都很乖自己吃！」

小公主：「我也很乖！！妳餵我～」是有沒有聽懂啦！

我：「不行，你要自己吃，你長大了！」

小公主（情緒轉折眼眶水汪汪）：「可是⋯⋯我這麼愛你⋯⋯」呃⋯⋯這是哪一招？

我（心軟猶豫的過程）：「我⋯⋯為什麼要餵你，你明明就可以自己吃。」

小公主（眉毛下垂憂鬱狀）：「因為⋯⋯因為你是我的『親！爸！爸』！」

　　▲登愣，青天霹靂！這⋯⋯這是哪裡來的想法？親爸爸？

　　▲然後回頭看著那楚楚可憐的大眼睛，散發著的粉紅色期待，於是，我又輸了！

我：「好啦⋯⋯」輸一個徹底⋯⋯

拒絕與妥協的過程中，是你來我往最精采的時刻，就像演員彼此飆戲和測試臨場反應一樣，除了拿捏好自己的角色之外，還要顧及角色與角色的關係，這方面……孩子真的做得比大人好太多了，突然覺得自己好嫩。咦？結果最後我都沒有拒絕成功？都是妥協！？現在才發現耶！（親爸爸我後來問了她的「親媽媽」，得到的答案是，她應該是想要表達「親愛的爸爸」才是。）

Scene 7

親子健身課

場景	客廳和餐桌
人物	我、五歲大公主
時間	夜晚八點多
天氣	熱烈的夜晚

親子健身聽起來是一件非～～常可愛，並且有助於親子互動的活動，但是身為一個愛運動的人，其實你們不知道，親子健身有時候是很令人害怕的，因為大人並無法控制自己身上的重量，而是由孩子的喜好來控制。有時候要練胸肌，她們爬上大腿，有時候想練腹肌，她們又頂在背後，孩子們是達成了娛樂的效果，但是老爸我卻有一搭沒一搭的做，一點效果都沒有。

　　我，亮哲，今年 37 歲，我想是因為老爸以前是個運動員的關係，所以自我懂事有記憶以來，也承襲了老爸的基因，紮紮實實就是個運動人：從小學的躲避球，一直到中學治好我過敏的游泳隊，再到高中、大學的排球隊，雖然唸的都不是什麼運動名校或是真正的運動明星，但是三天不運動，便覺身形頹喪，意志消沈，這樣的感覺一直存在在自己的身體裡，至少也 30 年以上了。即便是有了小孩的現在，當然也不例外。

　　會提到前面這些五四三，並不是在炫耀，而是讓大家知道，我對於運動的執著。自從有了兩個女兒之後，這樣的執念和自我要求，悄悄轉嫁到了她們的身上，但很矛盾的是，要求一個

五歲大和一個三歲大的孩子，做一系列「one more、two more」的標準運動教程，似乎又有點過分，畢竟我也沒有要強迫她們成為什麼運動員（至少目前沒這個想法），而且太過軍事化要求，又有可能引發她們排斥運動，讓她們把精神轉嫁到食物身上，作為一個愛運動，又希望女兒長大成人時苗條健康的老爸，我的壓力真的很大。

　　終於有一天，大女兒乖乖趴上了背，當起了教練，眼見機不可失，於是開始了難得並且「正式」的親子運動。

大公主：「把拔，你蹲低一點！」

我：「喔好～」聽令蹲得更低。

大公主：「呀呼～」興奮的將所有重量壓了上來。

我（莫名跌倒）：「哎呦～你要慢慢的啦！」但是心裡很納悶怎麼會撐不住。

大公主：「把拔你這樣我會受傷啦！」

我：「好啦！再來一次！」

　　▲於是剛剛受了一點驚嚇的女兒，改變了上背的速度，這次算是成功了，但是……怎麼有點沈！？

大公主：「把拔，預備～～～～開始！」

我：「一～～～二～～～～三～～～～四～～～×……五～～ㄌ～～一～六～」一種「心有餘而力不足」的無力感，油然而生。

大公主：「把拔～～我很重嗎？」

我（拉高音強調）：「怎～～麼～～～會呢！！？？一……點都不……重。」拚命說不會但差一點岔氣破音。

　　▲為了掩飾自己的虛弱，以及不讓大女兒覺得自己已經很

有「分量」，我幾乎是憋著氣假裝游刃有餘的做完運動。

大公主：「耶！！好好玩～」你好玩，我已經癱了。

我：「好了……今天到此為止了～」逃避。

大公主：「可是你肚子還沒做耶～」教練好盡責。

我：「呃……我下午做過了喔！呵呵～謝謝教練。」

後來以一種四兩撥千斤的方式，間接請大女兒去量了體重，終於知道不是我太虛，而是我眼前這一個五歲的孩子，竟然已經……22公斤了！（P.S. 書出版的時候應該更……有分量了！）

亮爸說亮話

為了不讓孩子受傷，老爸必須練壯？抑或是，為了讓她真的意識到體重稍微偏重而自動減少食量？我想……答案很明確了。咱們健身房見。

Scene 8

殘忍的減肥之路！？

幸福的晚餐過後，我與太座正在收拾空空如也的碗盤，帥氣的大女兒隨手抓了張衛生紙，擦了擦她飽足且油膩膩的雙唇，開心鑽入自己的玩偶小天堂去了。

過了十分鐘，正在洗碗的我，餘光看見了站在身旁的大女兒，有一點欲言又止又參雜了一點害羞的看著我。

場景	家中
人物	我、太座、大公主
時間	晚餐時間
天氣	些許陰鬱

　　大女兒的口腹之欲很強，隨著年齡的增長忽胖忽瘦，這樣的現象，到底是好是壞，我也不清楚，但是身為一個運動狂，總是會不時偷偷觀察著她的飲食狀況，對於肥胖，我身邊的朋友（或是敵人）有兩種立場。

胖立場 A：「什麼？你控制她的飲食？好殘忍」……我無言。

胖立場 B：「小朋友就是要胖胖的才可愛啊！」……我覺得我女兒不胖也可愛。

胖立場 C：「小孩就是要享受零食的樂趣，不然怎麼叫小孩？」說的人是個胖子。

胖立場 D：「你現在太過克制她，到時候她長大反而會有什麼吃什麼！」拜託，我又沒有讓她餓到。

瘦立場 A：「我曾經看過一篇報導，小時候沒有控制飲食，脂肪細胞一旦撐大，習慣了之後以後就很難瘦了！」……眼睛張大狂作筆記。

瘦立場 B：「減肥的路很辛苦，我支持你！」……眼眶泛淚找到知心人。

瘦立場 C：「胖會讓小孩沒有自信，而且也不健康。」

　　但是在此我要重申，講「控制飲食」這四個字有點太強烈了，「觀察」並且「良性規勸」以及「循循善誘」才是我使用的方式。

大公主：「把拔，我 d#&@ 了。」含糊其詞什麼。

我：「蛤！？什麼？」洗碗水聲過大，蓋住了她的聲音，於是我關上了水。

大公主：「我……沒事。」自顧自的走回房間。

我（一頭霧水）：「沒關係啊！你要什麼就跟我說啊！」朝著她離開的方向喊。

　　▲她又默默的從冰箱後面飄了出來，再次開口。

大公主：「我……呃……了。」

我：「你……什麼什麼？」開始懷疑自己耳朵不太好，於是靠近仔細聽。

大公主（放聲）：「我說～～～我～～～餓！了！」一種被逼到絕境，只好放膽說的情緒。

我（受驚不自覺大喊）：「蛤～～～哈哈！怎麼那麼快？」

▲我知道從驚嚇的「蛤」要轉折到假裝不以為意的笑聲「哈哈」掩飾，其實有一點牽強。看了一下時鐘，離晚餐結束……才 15 分鐘。

大公主（低頭溫吞狀）：「可能……是我剛剛故意……沒有吃太多吧。」

▲但剛剛明明我添的是一碗飯，而且我正好手上洗的是她進食過，碗底朝天的那個碗。

我：「喔……那吃餅乾好嗎？」

▲姊姊露出了放心且愉快的笑容，期待著我替她精心挑選的餅乾。

▲轉身看向零食放置區，我開始做一個選擇的動作。

祕訣 1. 不可以太小，以免再要一次。

祕訣 2. 不可以太大，以免熱量太高。

祕訣 3. 給餅乾順便給水，麵粉膨脹飽足感夠。

後來挑了一包媽媽在吃的蘇打餅乾（節食用，母女皆宜），大女兒滿心歡喜並且心存感恩的吃了起來。

亮爸說亮話

　　有時候，孩子並不清楚肚子餓以及口腹之欲的差別，有時候，我們也會為了讓孩子不要吵，而盡情丟零食填滿她們的嘴，矯枉過正或者是控制得當，之間僅僅一線之隔，大人們是最後的防線。

　　大家真的不要說我殘忍，小時不克制，長大難節食。減肥的路是很辛苦的！！共勉之～

食為天。

to be continued......
我與公主的尖叫時光，未完待續......

SFX.
親子出遊
特攝輯

SP 1

與孩子們的初次露營

小時候，我住在都市的郊區，北投；住在這種地點的孩子有個特色，不完全屬於都市，也不太了解它的運作，當初所謂的都市，是必須坐公車一個半小時才到得了的東區舊ＳＯＧＯ腹地，對孩子來說，去到那兒與舟車勞頓畫上等號；另外一方面，住在這樣區塊的孩子，也不算是一個真正的鄉下人，因為沒有泥土可以赤腳奔跑，沒看過炕窯，沒抓過蟋蟀，頂多是當時的大排溝還算乾淨；常常走在大排溝旁的人行道上，向下望著當時還沒有工業污染，也沒有福壽螺，清澈如小溪的溝圳。所以簡單來說，小時候的我，難以歸類，但也因為這樣，我並沒有養成一定要在都市或鄉下生活的習慣，也就是說：我可以輕易轉變我要的生活模式。最後，因為老爸是潛水教練的關係，我選擇讓自己懷抱一個野外的夢想。

學會逆向思考的第一課

　　大概小學一年級時，就過著通車上下課的生活。有一天，

傾盆大雨，手中的小傘早已不足以抵擋；我索性將雨傘收起，三秒內，全身濕透，再也沒有任何顧慮；我緩緩走過了家門，往大排溝的方向去，大雨雖然幾乎下到眼睛快要睜不開，我仍堅持在大雨中感受那有點刺痛的清涼。既然已全濕，就不用害怕下雨，反而可以盡情感受雨水打在身體各處的感覺，那是我學會逆向思考的第一課。炎熱的六月下午，西北雨打在身上，好不痛快。當然，也因為這樣的感受一直深深印在我的腦海和身體，所以我現在，希望能將這樣的經驗平行移植到孩子的身上去。

和大自然玩在一起

我與孩子們的初次露營，早在兩個月前就訂下來了，隨著時間越來越接近，孩子也不時會興奮倒數。但沒想到期待已久的露營日當天，老天竟毫不留情下起大雨。眼看著烏雲一點都沒有要打開的意思，我的心情還挺緊張的。一方面是害怕到達大雪山的路程會因此中斷，一方面是擔心會將她們對於露營的印象打壞，以後說要露營，可能會難上加難。邊開著車邊祈禱，雨勢可以在我們到達目的地時，也剛好停下。天不從人願這句話，硬生生發生了，循著彎彎曲曲的山路，提心吊膽到達了露營區，雨勢變得更大更猛，時間也已經是下午三點多，再不紮營就快要來不及；但是馬上紮營，全家今晚就得濕冷的過一天了。

等著等著，孩子在車上睡著了，等著等著，天快暗了，等著等著……天，開了。

皇天不負苦心人這句話，在我眼前奇蹟似發生了——雨勢趨緩，雲層漸薄，風雲變色之際，陽光從一個最美的角度射了下來，全場歡呼。這時孩子悠悠轉醒，幸福的她們，並不知道

發生了什麼事，分別踩上拖鞋，跳下了車，在泥濘裡踏著，絲毫沒有畏懼。這個畫面我等了好久，都市的兩個孩子毫不猶豫和大自然玩在一起，雖然偶爾會抬起腳躲過大水坑，偶爾會小小顧慮一下自己的髒腳，但是沒三秒，又發揮了野孩子的本性橫衝直撞去了。

在一個三十幾人的大團隊裡面，孩子們一開始生疏陌生，不敢親近，他們在默默觀察著父母親，會用什麼樣態度對待這群未曾謀面的人，這時也是父母身教的重要時刻。對於來自各行各業的人們，抱持著某種好奇與熱情，是整個露營團隊中非常重要的事情，一群萍水相逢的人來此，共宿一到兩個晚上，無所不講無所不聊，或許其中會發現一些不在自己節奏中的人，但這也是給大人一個學習，反觀孩子，沙子似乎是他們共通的

關於我心中那永遠長不大的野孩子

　　雲散了，雨停了，就是搭帳篷的時候，平常孩子在家只能玩著方圓不到 1 公尺的玩具帳，在裡面模擬著露營的狀況；現在，她們很興奮終於可以睡進真正的帳篷，一個可以讓她們真正躺平的帳篷。試著讓孩子一起參與搭帳篷的過程，雖然是一個手忙腳亂，但卻可以讓她們對於自己最基本的日常生活負一點責任；搭帳篷的動作，讓孩子學會從零開始，建構自己住所的認知。另外一個很重要的是，在都市急促的節奏當下，父母也很容易中了著急的毒，所有事情都要幫孩子準備齊全，有時候我們會誤以為那是愛孩子，但殊不知，我們只是深怕孩子拖時間，拖到自己看電視的時間、拖到複習功課的時間 、拖到上床睡覺的時間等等。

　　來到野外，這些顧慮一切拋開，所有都市的魔咒暫時被解開，全家一整個晚上，只需要注意三件事：吃、睡、保暖。回歸單純，有時候對孩子來說是簡單的，反而是大人們有沒有勇氣，為了孩子，替自己的生活做一點小小的轉彎而已。

　　好天氣一直維持到半夜，

聊天的大人們，自己也忘了時間，突然發現大女兒仍然在沙堆玩沙，這真是一個弔詭的畫面，晚上 12：00 還在沙堆玩耍的四歲半小孩，這在家裡，基本上是不可能發生的事情，但是現在在野外，突然覺得事情沒那麼嚴重了。緩緩安排大女兒去睡覺，原本不甘願睡的她，走進帳篷看了看，也就心滿意足鑽了進去，看見小女兒和媽媽早就睡翻的模樣，瞬間覺得自己挺幸福的；回想小時候與父母山林、野外、溪邊、海水到處玩的畫面，總覺得好遠又好近。原來，愛自然，也是會遺傳的，從我小一時的那次西北雨開始，就打通了我即將向外出走的任督二脈；從外景節目到現在帶著孩子一起當個野孩子，這個夢想一直在腦子裡 30 年了，好遠，也好近。

公主們沈睡的模樣，十足的小天使。

SP2

來去鄉下過個年

是的，年假到了，對於父母親來說，是一年結束的總整理，整理廚房、整理客廳、整理房間、整理櫃子、整理四處累積的灰塵，以及整理這一年來的心情；但是對孩子來說，卻是另一個開始，像是對平常規律生活的特赦一般，再見老師、再見同學、再見沈重的書包。從宣布過年那天開始，開始玩樂，開始大吃大喝，開始可以吃飯的時候看電視，開始肆無忌憚的追趕跑跳碰，開始不停收紅包買玩具；對於生活在都市的大人來說，過年，總有一種又愛又怕的感覺。害怕塞車，害怕到處人山人海的百貨公司和電影院，但換句話說，過年到處摩肩接踵的景象，不就是台灣人活力的表徵嘛。

　　這一年，一如往常，我們仍然不辭辛勞，決定大費周章來去鄉下過幾晚，雖然是內地旅行，但一絲不苟的女主人，早就將出國的最大行李箱拿出來預備，而我只要做一件事，就是做好隨處不健身的心理準備。以前的我，一直覺得大費周章做行前準備，是一件很蠢的事情，但那是以我一個人出遊為前提；如今一家四口，兩大兩小要隨機旅行，真的不得不感謝事前思慮周密的太太，因為當孩子玩累了，吵著要喝奶要娃娃要奶嘴要香香被的時候，孩子的媽就會背上閃著金光，拿出她們要的東西，使命必達，這個……我真的做不到。

老爸的 Turbo 狀態開外掛。

所謂的鄉下，其實也不是什麼鳥不生蛋，需要自生營火求生存的地方，只是遠離了台北大都市，來到了高雄都會區。雖然這聽起來有點蠢，但那是大人對於旅行的狹隘定義，對於孩子來說，坐上大眾交通工具的那一刻開始，就是旅行地圖開展的時刻；小時候的我們，沒有高鐵，沒有捷運，我們用鞭炮、用家鄉的巷弄，繪製出自己的年味地圖；現在雖然交通發達，但對孩子來說，地圖是用事件在堆疊，而不是用距離來衡量，所以我遠離年味越來越少的台北，選擇旗山作為兩個孩子今年的開春旅遊地點。

　　今年的旗山，或許是因為地震的關係，似乎人變少了，但年味仍然飽滿，一方面是好友的娘家也在此，所以每年都會有一群不請自來的「台北俗」現身拜年，簡陋的鐵皮屋一拉開，就有美食的香味撲鼻，傳統粉腸、紅燒肉、大盤到飽死人不償命的米粉炒等等，這些不惜成本傾巢而出的招待，代表著鄉下人的熱情和傳統。也是我會選擇來此的原因（聽起來好像是為了白吃白喝而來）。

經年不變的童年味道

　　旗山老街圍繞著一個操場展開，接近中午就人聲鼎沸，街上叫賣聲不斷，遠方也不時傳來爆竹聲響；是的，就像是六七年級的我們小時候那樣，看似毫無規矩的零亂街上，自成一格，呈現了亂中有序的旗山風格；小小的老街街廓，傳來陣陣烤魷魚的香味，那是一個經年不變令人懷念的老味道，不管幾年級的人們都可以被帶領著回到童年的一個味道。

　　旗山天后宮前，是另外一個過年的高潮，聽說從一大早開始，就湧進大批的群眾，擲筊試手氣。參賽費兩百元，連續擲出五次聖筊，就有機會拿走百萬獎金，不管你在老街的哪個角落，總是隱約會聽見，遠方那帶有一點雜訊的音響裡，傳出道地的台語播報音，讓一整天在旗山的遊客們，都沈浸在擲筊的熱鬧和賭博氣氛中，參賽者各式各樣，有隨興而擲的大哥型人

物、有嬌柔但賭性堅強的辣妹、有虔誠祈禱再三，卻一次也沒中的阿姨，也有面帶斯文卻大聲吶喊的眼鏡賭徒，當然，還有像我這種看熱鬧不參賽的路人，雖然那天旗山的天空不算風和日麗，但天后宮外圍，喜氣洋洋的布置，和金光閃閃的的神轎應和著，早就凌駕於那幾天灰濛濛的陰鬱，連旁邊的鐵皮和凌亂散步的機車，都成了湊熱鬧的一分子，把過年的氣氛推到最高點。

　　天后宮的神轎前，一個個有如《包青天》連續劇的道具，活生生擺在眼前，是到旗山旅行的另外一個亮點，別說我孩子沒有看過，連我也很少經歷過。站在莊嚴的神轎前，大女兒虔誠的雙手合十拜了又拜，看來是在祈求來年除了身體健康之外，還有買不完的玩具吧。（當初聖誕節時也是一樣的願望）而隨興之所至的小女兒，雖然早就會蹦蹦跳跳，但一來到神轎前，就不停一鑽再鑽，來來回回不知道幾趟，讓我感覺她對於實現心願的決心非常堅定，也或許是從來沒有在戶外這樣爬來爬去不被長輩制止，索性爬給他過癮，當然，制止她們不要用髒身體的人，從來就不是我。

　　過年，其實還是累的，但這樣的疲憊，是以幸福為基酒，友情和親情調和其中，快樂和輕鬆在杯沿塗抹，口味濃郁醇厚。大喝一口，就可以帶著微笑入夢。帶著孩子感受不同於以往的環境，可以讓他們開眼界，看著他們對傳統文化的好奇，對各式各樣的人，抱持著開放的心胸，面帶微笑，是一趟趟旅程最重要的收穫。成為了大人之後，有時候我們應該學習用孩子的眼光和角度，看待第一時間的好奇，而不是畏懼或猜疑，那樣獲得的純粹和開心，才是最難忘懷的。旅行總會到終點，假期遲早會結束，但不辭辛勞踏出的每一步，都將會是孩子人生地圖上最好的註記。

SP3

坎坷的峇里島之行

以前在外景節目，每個月都要出國，仔細算一算大概也有十五個地方，所以護照在那個時候，算是我吃飯的傢伙之一。

　　離開了外景節目之後，中間相隔了很長的一段時間，護照和我的關係就像是冷戰的情人一樣，彼此知道彼此的存在，雖然心繫對方，卻又一語不發互不過問。一直到了有孩子之後，才結束了我與護照之間冷戰超過五年的時光；而這一切，當然就要歸功於孩子的媽，她每年都有一個出國旅行的約定和夢想，雖然這個時候的我，對於出國的熱忱並沒有像當年那般狂熱，但是轉個心念，以一個出國大前輩的概念，帶著一家四口出去見見世面，也未嘗不是一件好事。雖然我一直覺得只要全家在一起，香港或南港都一樣，荷蘭或宜蘭都無妨，但是這種想法如果提出來，姑且不論態度和緩或強硬，這冷戰的雙方，就會不只是護照和我了……

　　特別把護照這位老相好提出來的原因是，自從有了每年親子出國的計畫之後，護照就和孩子的媽變成了閨密，一切交給她來處理就對了。當然，高智商的孩子的媽，通常可以兵分好幾路把事情辦好，研究行程，建立群組，詢價排程，整合各方意見，我只要不時對她每一個階段的努力報以驚奇和鼓勵，事情就會非～～～常順利，我也樂得輕鬆，但殊不知，這一次號稱「萬無一失女王」的孩子的媽，竟然一世英名毀於一旦。登愣！！家庭革命一觸即發，欲知詳情，請勿走開。

媽媽起笑女兒傻掉

　　難得的好友相約出國之旅，終於在大家努力當「喬『期』姑娘」之下成行了。當天兩女起了一個大早，用超高分貝呼喚我們起床準備，那是一個美麗的早晨，萬里無雲的天空，照亮了我們前往機場的路。十點三十分的飛機，準時的一家四口，在八點半之前就到達了機場，一切就像是腸胃健康的排便一樣順利。

　　有朋自遠方來，不亦樂乎；大人們彼此「喇低賽」為這趟旅程熱身，孩子們當然也不落人後，在機場奔跑雀躍（不良示範但真的阻止不了）。看著櫃台前面的送機人員認真的處理著我們的登機證，突然覺得他的背影真是帥氣，世界真是美好。沒過多久，送機人員面無表情拿著一本護照走了過來：

　　送機人員：「這本護照是哪位小朋友的？」

孩子的媽：「應該是我小女兒的，怎麼了嗎？」

送機人員（欲言又止面有難色）：「這本護照……效期不夠耶！」

突然之間，晴朗的藍天劈下了一道轟頂的雷擊，直直打在我和孩子的媽頭上。

孩子的媽：「怎麼可能，我檢查過了應該是沒問題的呀。」

送機人員（一臉遺憾並表示安慰）：「效期……差了六天！」

孩子的媽瞬間像被 Elsa 攻擊而凝結了，回想前因後果，她檢查護照效期，自以為沒問題的時間點是在五天前，所以她比對的是五天前的時間，當然還沒有過期；但是要比對的應該是出發時間才對啊啊啊啊啊啊～～～～

這個時候聽到噩耗的朋友們，也轉變了心情，以一種人飢己飢人溺己溺的表情，表示驚慌和遺憾，朋友們的關心如滔滔江水而來；有一群人是當機立斷馬上想辦法，有一群人是靜觀我們全家的細微情緒變化，以免有機場衝突的畫面產生，而大女兒在一旁也是表情木訥，不知道該如何是好的看著我們，偶爾也面帶同情看著小女兒，反倒是苦主小女兒置身事外，還不知道事情的嚴重性，仍然在那邊追趕跑跳碰。

拿著護照到了外交部在機場的辦事處，臨櫃人員很客氣的給了我們兩個選項：

1. 如果要趕上十點半的飛機，就必須拿著身分證，去最近的大園戶政事務所辦理戶籍謄本，然後再回到櫃檯繳交 4500 元，辦理臨時護照。

2. 回到台北市的外交部重新辦理快件。

基於只剩下兩個小時就要起飛了，當然是選項 1 比較有可能完成。所以……咦？身分證？

太座：「我昨天拿起來了……你呢？」語氣自責。

我：「我本來就不會帶啊！」壓抑怒氣。

　　兩個人呆愣了十秒鐘，心裡面閃過了無數的髒話和想法，最後自暴自棄的想著，大不了就和小女兒留下來不要去，讓大女兒和孩子的媽去就好。臨櫃人員看著我們近在咫尺四目相望，也報以同情的眼神，已經做好無法成行的心理準備的我，就在此時瞄到了手上的那本護照姓名！

我（驚呼）：「等一下！這不是小緹的，是小菩的耶！」

太座：「什麼！！？！？」

　　經過確認之後，護照過期六天的苦主，戲劇化的變成是大女兒，我們兩個人背脊發冷，轉頭看向站在身後的她，戴著帽子的她更戲劇化，從表情透露憂愁的關心，轉變成了受害者的委屈和難過。她默默低下頭來，帽沿擋住了她的雙眼，但雪白的臉頰上，清清楚楚的流下了兩行清淚。懂事的她沒有選擇哭鬧，選擇自顧自難受，這樣的方式讓身為父母的我們心都碎了，孩子的媽忍受不住自責的情緒，立馬抱上大女兒，像是要送女兒遠行出嫁一般哭了起來；這時候身為老爸的我，腎上腺素狂

飆激增，拿著大女兒的護照帶著妻小回到了朋友身邊，大家都還籠罩在一片低氣壓之中，面帶希望看著我們衝了回來。

父女的革命情感

我（精實幹練）：「你們先出關！我帶小菩回去辦快件！然後你趕快和旅行社確認一下明天的班機還有沒有空位，有消息馬上跟我說。」

　　孩子的媽還來不及收拾情緒，就被我很 man 的決定了去向（真的相當難得），畢竟小女兒黏媽媽是眾所周知的，與其讓一家四口都留下來難過，不如挑戰看看有沒有機會隔天再見，大不了輸一半還有兩個人有玩到。帥氣帶著大女兒轉身就往車子出發，開始這趟坎坷的挑戰：

Am09：00 回機場停車場開車，沿路車況順利，大女兒傷心甫定，在後座安靜的啜泣著。

Am09：55 到家拿了戶口名簿、身分證，再次出發，大女兒已經收拾好情緒，準備跟著我奔走外交部，兩人互相打氣，有夢最美，希望相隨。

Am10：40 到達外交部，此時精神力開到 200%，喚起了我心中沉睡的專注力之神，如福爾摩斯般，分析著眼前的戰況。

Am11：00 填寫完表單抽號碼，和女兒坐在燈火通明的外交部等待叫號，不時還會互相加油不要氣餒，然後旅行社剛好傳來了隔天已經訂好電子機票的喜訊，事情完成了一半。

Am11：25 櫃台小姐說辦理急件必須要有隔日機票影本才能上呈，而且要在十二點以前（也就是 35 分鐘後）。然後外交部並沒有地方可以傳輸列印手機檔案。

Am11：32 帶著大女兒衝往五分鐘外的 7-11 印新訂的電子機票，然後因為沒有用過，所以等待著正在結帳的店

峇里好天氣，滿嘴巧克力。

員來幫忙處理，不小心多花了三分鐘。

Am11：45 離開便利商店衝回外交部，跑到一半女兒說腰快斷了跑不動了，二話不說抓起了 24 公斤的大女兒繼續亡命奔跑。

Am11：50 回櫃台結果有人在辦理，心急如焚卻又要淡定讓大女兒看起來一切都很正常。

Am11：56 人員收到我的所有資料，然後拿給旁邊的另外一位員工，這時就像是等待判決的犯人一樣，不是無罪釋放就是冤獄。

Am11：58 櫃檯人員走回來將資料給我，上面多了一張紙「辦理快速取件：核准」，最後兩分鐘拿著繳費單去付了款，臨櫃人員說：「等一下拿著這張來左邊櫃檯取件就可以了。」

藝品滿街區禮物買不停。

再熱都能睡下去，老爸雙手快沒力。

我好久沒有聽到那麼悅耳的聲音了，從看到「**核准**」字樣那個當下，我就好想要擁抱每一個經手過我業務的行政人員，好想要每個人都和他們留電話，等我峇里島回來請他們吃飯。再聽到收費人員和我說話，我打從心裡覺得她的聲音是我這三十年來聽到最美的嗓音，只差沒有約她去錢櫃唱歌。

　　這短短的三個小時，對我和大女兒來說，就像是一輩子那麼久，最後整個程序走完之後，我們父女倆大力擊掌，然後我抱著大女兒有十五秒那麼久，我什麼話都沒說，但是她也很明白我的擁抱代表著我們的努力沒有白費，接下來就是迎接明天的到來。捨不得離開外交部的兩人，什麼地方都沒去，吃了中飯之後，把車開回外交部附近，兩個人就累癱在車子上呼呼大睡，作起了峇里島的前導美夢。

曬到白不回去，
黑到骨子裡去。

隔天兩個人順利前往機場，天空如前一天堅持著萬里無雲歡送我們，有如在呼應我們父女倆一樣的堅持不懈。就在隔了一天的同一時間、同一個櫃台，但是命運完全不一樣的我們順利出了關，幸福的偽單親相依為命父女上了飛機。眼前所有的顏色都好飽滿，擦肩而過的路人都是天使，所有的嘈雜聲都是蟲鳴鳥叫，就連會漏水的機場，在此時此刻我的眼裡，也成了天降甘霖的天堂。

親子旅遊和朋友去，
有人幫忙揪甘心。

小孩整天泡水裡泡到
泳圈都沒氣。

千里尋親記

　　峇里島距離台灣五千多公里，光是這個資訊，就恰好應和了這千里尋親的主題，脫離了時刻緊張、度日如年的奔波日，我們倆眼神堅定，父女同心其利斷金的氣勢，完全沒有人可以阻擋我們踏上這尋親的旅途。出了 Denpasa 的入境大廳，炙熱的陽光毫不留情，證明這裡就是我們的目的地，前一天的不安和煎熬，也在烈日的蒸烤之下煙消雲散。

　　就我的想像，親人久違的戲碼，當然是在一片美麗海灘上，踩著波光粼粼的海岸線，即便雙眼被熱烈的陽光照得睜不開，卻仍然義無反顧睜開留著流淚的雙眼，尋找我久違的小女兒，最後再來一個柔焦慢動作逆光擁抱飛高高……但是戲終究是戲，想像和現實的差別，在於其實最後司機放我們下車的地方，是一個大賣場，並沒有美麗的沙灘映襯，只有吵鬧的收銀機和滿滿的商品，以及熙來攘往的當地人。在棋盤格式的陳列架找尋著親人，雖然不浪漫但也不失為一個向左走向右走的場合。最終父女兩人在結帳區找到了久違的（其實也才一天）小女兒和朋友們，24 小時的護照驚魂記在啤酒的氣泡聲中落幕了！

POSE 很有戲，咱們後會有期。

190

SP4

跨世代東京遊

讓孩子從小愛上旅行這件事情，不論國內外，只要願意走出大門，離開習慣的環境，就是學習的開始。一方面是要讓他們知道世界那麼大，置身其中，無奇不有；在人生的歷程中會遇到的形形色色的人，各種燈紅酒綠的場景，讓他們從小就用雙腳去行走認知，用雙眼親自去觀察發問；而另一方面，在旅行的過程中，父母也會有需要面對很多的「計畫趕不上變化」，想辦法與孩子一起面對、一同解決，也是全家人同甘共苦的美好回憶。

　　今年初還在和太太猶豫，討論今年一定要帶孩子旅行幾次，要去什麼地方？出國？下南部？去海邊？還是………原本興高采烈的旅遊計畫，說著說著，在旅程都尚未開始之前，似乎就因為一些未發生的顧慮，即將無疾而終。所以，我們決定不讓大人的庸人自擾和多慮，來左右這件事情的可能性，而是讓孩子來決定。於是，我們立馬召喚兩女開家庭旅遊會議。一個不到兩歲的娃兒和一個不到五歲的孩子能提出什麼意見！？當然不能，但對我來說，讓他們加入討論全家未來一年要一起完成

的旅遊，是很重要的參與，也是大人可以不用再東想西想猶豫不決的的助力。

我：「今年你們覺得我們要出去玩幾次！？」

小公主：「出去玩！！！耶～～～」

大公主：「去海邊玩！！耶～～～～」

太座：「你們覺得要玩幾次才夠呢？」

小公主：「出去玩！！耶～～～～」

大公主進入沈思狀：「我覺得……十次吧」

我：「聽起來很合理！好～那就十次吧！」

大、小公主：「耶～～～～出去玩～～耶！」

就這樣，我們讓女兒們決定了這一年出去玩的次數；105年也過了三分之二，我們的旅程也成行了五分之三，至少目前看起來，對孩子們的承諾是可以達成的了。

　　上至六、七十歲的姨婆舅公，下至不到一歲的襁褓中嬰兒，在長輩的號召之下，把現代人幾乎很難達成的南北大家族旅遊，就這麼辦成了；台北高雄兩地的家人，準時在早上八點浩浩蕩蕩的集合，雖然離上次見面並沒有事隔三秋，但是所有家人都在機場嬉笑放鬆的模樣，是一個很特別的經驗；當然，最興奮的還是孩子們，原本一年只能見一次面，甚至兩年都見不到一次面的親人一同出現，孩子算是大開眼界，防備之心也少了許多；相較於以前分別在不同時期到不同人的家中拜年或是拜訪，孩子總是怯生生不敢親近，如今所　有熟悉、不熟悉的親人，在眼前一字展開，對她們來說，可以更清楚的知道，不管眼前的親人是兩年才會見一次的舅舅，抑或是每週末都可以攜手跳進泳池的小表姐，現在我們就是一家人，一群包圍著他們，要陪他們開始一段奇幻旅程的保護傘。

大雨傾盆的迪士尼，擋不住孩子的熱情。

東京，對孩子們最大的吸引莫過於迪士尼，為了這一天，我們已經講了不下一百次的灰姑娘、白雪公主、美女與野獸、奧羅拉⋯⋯孩子們在還沒出發前，每天睡前會問的就是：「我們真的會去迪士尼嗎？」、「公主會在嗎？」諸如此類的問題。我們仍然會不厭其煩在講述故事時，回答她們超有毅力樂此不疲的同樣提問；終於，決戰的時刻到來，老人家該帶護具的戴上護具，孩子們該穿上跑鞋運動服的沒有一個偷懶，我的背包也從輕便的 5、6 公斤飆升到 14 公斤，深怕有什麼東西沒帶到會不盡興，所以背包變成了緊急救難包，而我則變成了救難隊；在前往迪士尼的沿途，陽光若隱若現，烏雲越積越厚，最終，藍天不敵雨雲，陽光不夠堅持，雨，就這麼殘忍的打在米奇形狀的車窗上。

　　雨打亂了大人們的節奏，雖然大家都有準備輕便雨衣，卻輕便到無法擋住眼前如颱風的大雨，孩子們的興奮，仍然在迪

士尼門外一塊塊小小的遮雨棚發酵著，大人們的手忙腳亂又不知所措，在孩子的眼中似乎很不能理解。

「還不能進去嗎？」小孩Ａ問。「還要等多久？會不會關門？」小孩Ｂ問。「下雨！下雨～耶～～～～」小女兒自顧自的在積水中踏來走去，看著即將興致全消的孩子，我想起了曾經答應大女兒要一起淋雨的承諾。

或許是我出外景習慣風雨無阻了，有時候看見長輩對於孩子太過呵護，我總會有點不太習慣，其實適當的面對困難，甚至在困難之中找到樂趣，是更難得的經驗。就在我替孩子確認

大家庭的大溫暖，孩子們的安全感。

完那身無謂的防雨措施之後（因為雨真的太大），在大家尚未決定去向時，我和女兒們說：「別怕！大不了就是感冒而已～衝吧！」

「耶～～～～～～」孩子們如脫韁野馬朝雨中奔去，於是，雨中迪士尼的旅程就這麼闖關啟程了。

長輩的視野 孩子的世界

有別於以往上車睡覺下車尿尿、逛街吃飯的行程，長輩們默默成為影響孩子很大的因素；這趟最勇敢的決定，是長輩們願意與年輕一輩，一同走入地鐵，一起體驗當地生活。我們常說孩子都是有樣學樣，那麼該如何讓孩子們學得「像樣」，比父母更長一輩的長者們，扮演了更重要的角色。因為當不同的輩分一起踏上自由行的旅途時，父母這一輩該做的，是照料上一輩交通行走上的安全，隨侍在側；或許在旅程的速度上會延遲，但是卻可以讓晚輩學習對長輩的關心和照料，這是在生活中學習的倫理禮節，並不是隨時耳提面命、諄諄教誨就可以瞬間開竅，我相信這些細節，都是在父母與長輩的應對進退中，

讓孩子觀察到的。

　　孩子雖然仍活在她們自己的世界，活在她們自以為的新鮮裡頭，但是當列車到站，車門打開，孩子主動去握住了姨婆的手，牽著她出車門，這才是旅程中最美的畫面。孩子不是求表現，而是在舉手投足間習慣於這樣的行為，對於老人家們來說是最欣慰的，對父母來說，何嘗不是一種小小的成就！

　　接觸不同的文化不同的人種不同的食衣住行是拓展視野很重要的方法之一，卻不是唯一，看著孩子穿上不同的衣著，體驗不同的食物，有時候害怕裹足不前，有時候呈現我們所沒看過的勇敢，都是父母最期待也最新鮮的體驗。旅程總會結束，孩子還是會從假期回歸課業，一覺醒來，那些許對時空的不適應，也是她們該去學習的轉換過程。享受假期放鬆時遇見的人事物，也珍惜學校熟悉的人事物，對一切保持新鮮和善念，是一次次的旅程，可以帶給她們最重要的價值。

SP 5

台南「慢活」的回憶與美麗

現代人快速及多彩多姿的生活將時間切碎，工作、玩手機、吃飯、玩手機、洗澡、玩手機……不停玩手機。仔細思考，在還沒有這些外力介入的時候，我們單純與家人和朋友相處，目標簡單明確，不用胡思亂想；而現在，太多的娛樂，占用了我們與人直接應對的機會，最後被瓜分掉的，都是與家人相處的時間。

　　長輩們在他們的年代辛勤工作，換來我們的衣食無虞，沒有停止的前進和追求生活品質，直到有一天，他們在鏡子中，發現自己臉上的紋路已經清晰可見，原本直挺挺的身子開始向僂；一轉身，孩子、孫子，都已圍繞身旁，甚至跑向遠處，而他們想追也無力可追，只能選擇看著晚輩的背影，以緩慢的步調繼續走完剩下的路。

　　當然，如果我們有能力，應該要試著停下來看看他們，甚至牽起他們的手，用他們緩慢的腳步看看世界，感受時間的力量。

有了孩子之後，成為了家庭的中流砥柱，也漸漸將原本父親肩上的責任，交接在自己的身上，這時我才發現，家庭並不是天生就該擁有溫馨和諧，而是經由努力溝通和建構的；家庭就像一個天秤，家人是法碼，怎麼調配彼此的輕重緩急，才能達到愉悅的平衡，是每個時代都相同的課題，不能逃避的責任。

泛黃的回憶與現實的美麗

70 年前，有一個女孩子離開了台南的家鄉，到台北打拼，那是一個涉世未深，人生的調色盤才正往空中撒開來的年紀。當然，70 年前的台灣，和現在是完全不一樣的，那時還正值戰爭剛結束的時期，每個年紀的人都在自己的崗位上，為了生存而努力著，那是一個剛開始萌芽的台灣，而這位正值年華就離鄉背井的少女，就是我的奶奶。

　　說實在的，87 歲的老人家，經歷過了太多的大風大浪，我們很難再激起他們心中的波瀾，一直到女兒的出生，我才又看見她如孩子看見新鮮事物般的赤子笑容，那是一道比陽光更溫暖，比彩虹更色彩豐富的光芒。

　　因此，能夠在工作家庭之餘，帶給奶奶一次又一次的新鮮刺激，似乎變成了我的任務，而孩子與曾祖母之間的互動，永遠超乎我們想像的和諧，因為他們，都是沒有包袱的人，只需要盡情享受，活在當下。

　　這一趟台南之行，奶奶一直是帶著微笑前進，不時聽她講起過去，兩小在身邊圍繞嬉戲，是她有別於以往的人生經歷。

最遠的年紀 最近的距離

　　孩子，總是可以一舉手一投足，就惹得老人家歡天喜地。行動緩慢的曾祖母，在她們眼中可能像是一個電池快要耗盡的玩具，緩慢而有趣。在這麼德高望重的人面前，我們隨時都像衛兵一樣，在旁邊嚴陣以待，準備接受指令，只有孩子們，可以蠻不在乎的笑一笑，就得到她的歡心，少根筋的往前大步跑去，又回頭衝刺衝向曾祖母的懷裡，如此無厘頭的行徑，看在奶奶的眼裡，應該是從來不曾有過的經歷。

　　還未到夏天的台南五月天，已經是炎熱的攝氏 35 度，孩子的興奮程度早就超過太陽，遠行總是讓她們興奮不已，坐上高鐵，就像要去到世界的另一端一樣新奇好玩，即便在古城裡，

孩子仍然發揮了她們高分貝的專長，肆無忌憚在三級古蹟又叫又跳，形成了一個超級矛盾的對比，但玩累了，她們總能安靜下來聽聽曾祖母說故事，雖然我必須居中擔任台語國語翻譯官，但我也樂此不疲，超越了父母與爺爺奶奶的另外一個層級的關係，似乎更和諧，更老少咸宜。

孩子的小身影 大人的潤滑劑

說實在的，我也忘了我全家出遊是什麼時候？有時候在成長的過程中，會忘記或者忽略我們原本關心的事物，人越大，越容易不在乎，或者是假裝不在乎很多事情，久而久之，我們原本所熟知創造回憶的方式，就被塵封了，只好更努力用更複雜的方式尋找。

或許是父母之間，或許是父子，或許是母子，或許是母女，人越成長就有越多的包袱，也越難露出笑容，更可能是因為親人，總是秉持著「嚴以律己寬以待人」的態度處事，讓家人與家人之間漸行漸遠；這當然不是每個家庭都會有的一本經，卻是我曾經遇到過的問題。

但是自從孩子出生，潤滑了很多已經生鏽的情感關節，讓原本僵化的親子關係開始冰釋。孩子的天真和懵懂無知，總是神來一筆，讓大人突然茅塞頓開，發現很多事情只是一念之間，根本無需堅持。我們也常常在對孩子笑的時候獲得釋放，甚至是彼此對眼，很多的過去、很多的誤解，就此煙消雲散，一切重新開始。

以上的陳述，是在說我的家庭；從小到大，我的家經歷過了很多風霜，家人彼此之間，都在學習每一個階段的應對進退，因為孩子的出現，我們全家人又進到了另一個新的階段，這樣

的學習不會停止，就像生命的傳承一樣，沈重，但卻美好。

充滿時代性的「薑汁蕃茄」，在不同年代，寫下回憶的篇章。

四代同堂的夢想，在和煦的陽光下成真，台南的舊城新事，有我們的足
跡。

冒險的基因，在此刻展露無遺。

每一個家庭，都有的一張照片；照片會泛黃，但回憶歷久彌新。

我與公主的尖叫時光

作　　　者／亮哲

繪　　　者／亮哲‧小菩

美 術 編 輯／申朗創意

總　編　輯／賈俊國
副 總 編 輯／蘇士尹
編　　　輯／高懿萩
行 銷 企 畫／張莉滎‧廖可筠‧蕭羽猜

發　行　人／何飛鵬
法 律 顧 問／元禾法律事務所王子文律師
出　　　版／布克文化出版事業部
　　　　　　台北市中山區民生東路二段 141 號 8 樓
　　　　　　電話：(02)2500-7008　傳真：(02)2502-7676
　　　　　　Email：sbooker.service@cite.com.tw
發　　　行／英屬蓋曼群島商家庭傳媒股份有限公司城邦分公司
　　　　　　台北市中山區民生東路二段 141 號 2 樓
　　　　　　書虫客服務專線：(02)2500-7718；2500-7719
　　　　　　24 小時傳真專線：(02)2500-1990；2500-1991
　　　　　　劃撥帳號：19863813；戶名：書虫股份有限公司
　　　　　　讀者服務信箱：service@readingclub.com.tw
香港發行所／城邦（香港）出版集團有限公司
　　　　　　香港灣仔駱克道 193 號東超商業中心 1 樓
　　　　　　電話：+852-2508-6231　　傳真：+852-2578-9337
　　　　　　Email：hkcite@biznetvigator.com
馬新發行所／城邦（馬新）出版集團 Cité (M) Sdn. Bhd.
　　　　　　41, Jalan Radin Anum, Bandar Baru Sri Petaling,
　　　　　　57000 Kuala Lumpur, Malaysia
　　　　　　電話：+603- 9057-8822　　傳真：+603- 9057-6622
　　　　　　Email：cite@cite.com.my
印　　　刷／卡樂彩色製版印刷有限公司
初　　　版／2018 年（民 107）4 月
售　　　價／450 元

城邦讀書花園　布克文化
www.cite.com.tw　WWW.SBOOKER.COM.TW